THE ART OF THE HOBBIT
by J.R.R. TOLKIEN

トールキンの
ホビット
イメージ図鑑

THE ART OF THE HOBBIT
by J.R.R. TOLKIEN

WAYNE G. HAMMOND & CHRISTINA SCULL

トールキンの
ホビット
イメージ図鑑

ウェイン・G・ハモンド／クリスティナ・スカル

山本史郎 訳

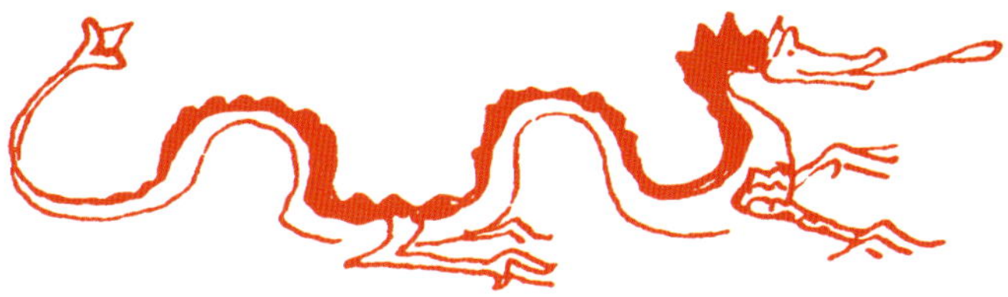

原書房

THE ART OF THE HOBBIT BY J.R.R. TOLKIEN
by Wayne G. Hammond & Christina Scull

Originally published in the English language by HarperCollins Publishers Ltd. under the title *The Art of The Hobbit*

The translation rights arranged with HarperCollins Publisher Ltd., London, through Tuttle-Mori Agency, Inc., Tokyo

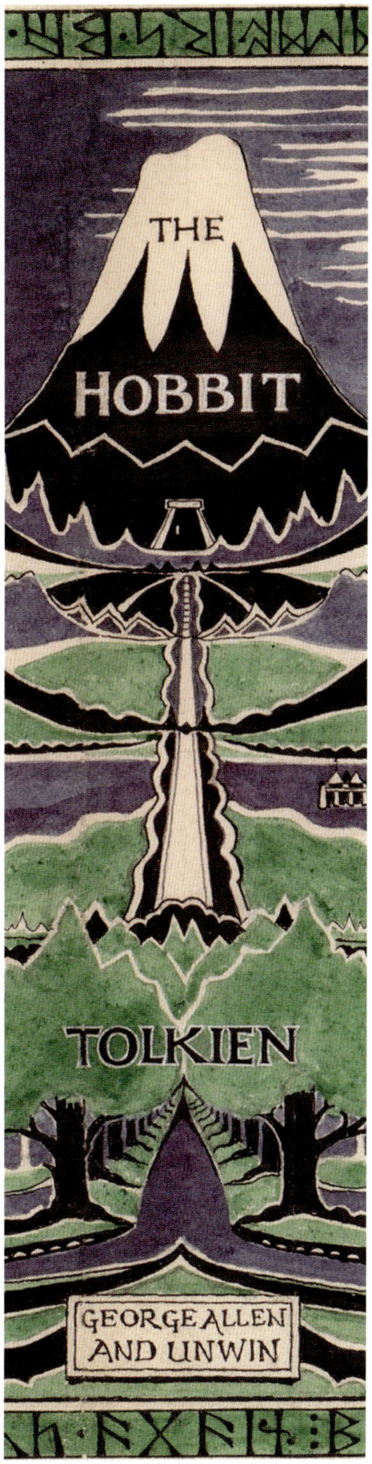
THE
HOBBIT
TOLKIEN
GEORGE ALLEN
AND UNWIN

目次

The Hill : Hobbiton-across-the Water

The Hobbit

or

There and Back Again

by

J. R. R. Tolkien

Illustrated by the Author

London

George Allen & Unwin Ltd

Museum Street

『ホビット』２刷（1937）の表題見開きページ

はじめに

この本には地図があればイラストは必要ないでしょう　よい本です　5〜9歳までの子どもにぜったいアピールします

「この本」というのは『ホビット』のことで､評者はレイナー･アンウィン。レイナーは､トールキンのこの物語の出版を検討していたスタンリー・アンウィンの息子で、当時は10歳の子どもだった。1936年、レイナーは父親に頼まれて『ホビット』のタイプ原稿を読み、熱い言葉でレポートを返した。報酬は1シリング。出版社ジョージ・アレン＆アンウィンが支払った最高の1シリングだと、レイナーは後になって語ったものだった。それによって、同社の最高のベストセラーの1冊が出版されることになり、やがてはとてつもないベストセラーとなった続編『指輪物語』が誕生するきっかけともなったからだ。

地図があるほうがよいというレイナーのコメントは、トールキン自身の描いた地図が1枚、タイプ原稿に添えられていたところから思いついたのかもしれない。あるいは、あらかじめ、かりに『ホビット』の出版が決まれば、読者の便宜のために地図が必要になるだろうと、トールキンとアレン＆アンウィン社の間で話が進んでいたのかもしれない。しかし、イラストは必要ないというレイナーの意見については―たぶんコスト抑制という出版社の永遠のテーマを知っていて、気をきかせたつもりだろうが――トールキンは最終的に同意しなかった。それというのも、原稿が出版社に渡された時点では図版は1枚だけだった（おそらく、本文に言及のある「トロール（Thror）の地図」だろう）が、家族や友人によって（あるいは家族や友人の前で）読まれた原稿にはイラストがもっと多く含まれていたし、一般読者に読んでもらう場合にもそうであってほしいと、トールキンは願っていたからである。

『ホビット』がアレン＆アンウィン社に送られたころ、トールキンはすでにアマチュア画家としての経歴が30年以上あった。1892年に生まれたトールキンは、まだ絵画やスケッチがごく一般的なレクリエーションとして存在していた時代に属していた。子どもにとってはお金のかからない娯楽であり、男女をとわず上流階級の人々にとっても好ましい趣味とされていた。トールキンの絵は基本的には独習である。ただし母親（12歳のときに亡くなった）からいくぶんかは教わっていたかもしれないし、親戚の人たちから学んだ可能性もなくはない。たとえば母方の祖父ジョン・サフィールドは自前のクリスマス・カードを描くほどの才人で、レタリングの心得もあった。初期のトールキンが画材に選んだのは、少年や青年だったころに知っていた場所である。ライムリージスの〝コップ〟［港の堤防］、バークシャーの牧草地や屋敷、コーンウォールの海岸の岩や海、ウスターシャーのいとこの家の庭園に生えているデルフィニウムやジギタリスなどだ。特に好きだったのが風景や建物だった反面、人物や肖像は比較的すくなく、トールキンの才能はそちらには向いていなかったようだ。草花、樹木、その他自然の風物がいちばんの得意領域だった。

遅くとも、オックスフォード大学入学直後の1911年には、トールキンは想像世界をも描きはじめていた。そのころ、シンボリック、あるいは抽象的なイメージをいくつか描いている。「前」と「後」、「未熟であること」と「おとなになること」といった作品がある（そのうちの何枚かが『トールキンによる「指輪物語」の図像《イメージ》世界』に収められている［日本語版44、47、51、52ページ参照］）。何を描こうとしたのかは想像するしかないような、いわく言いようのないものもある。また、あきらかに文学作品に由来しているものもある。この系統としては、サミュエル・テイラー・コールリジの長編詩「クブラ・カーン」をもとにした「ザナドゥ」、フィンランドの叙事詩「カレワラ」から得た「ポーヤの国」といった作品がある。しかし、もっとも注目すべきなのは、トールキン自身の物語のイラストとして書かれたもの、あるいは逆に物語へのインスピレーションとなったいくつかのイメージである。それというのも、この時期（第1次世界大戦の初期）になると、後に「シルマリル物語」として知られるようになるトールキン独自の神話、もしくは伝説群を作りはじめていたからである。

トールキンの言うところによれば、このような神話を書きはじめるきっかけとなったのは、さまざまな言語を創造したいという希求、そして創造された言語は、ほんらい創造された国、創造された種族というコンテクストの中でこそ存在すべきものだという思いであったという。しかし、それと同時にトールキンは物語を語りたいという熱望につき動かされていた。その媒体として最初は詩、その後は散文も含まれるようになった。ベレンとルシエンの物語、エルフの国の没落の物語、ゴンドリンとナルゴスランドの物語、航海者エアレンディルの物語、フェアノールとシルマリルと呼ばれる宝石の物語などをはじめとして、エルフ、ドワーフ、人間にまつわるもっとたくさんの物語が何十年にもわたって創り上げられていった。これらはトールキンのライフワークで、1973年に死去したときに残されていたものを子息のクリストファーが編集して、1977年の『シルマリル物語』を皮切りに発表されていった。トールキンの行文はドラマティックで、印象深いイメージに満ちているが、『シルマリル物語』で語られる物語の中には、トールキンのペン画や水彩画に生き生きとしたイメージで表現されているものもある。とくに、1920年代のめざましく創造的だった時期がそうだった。この当時に制作されたみごとな絵のなかに、タウア＝ヌ＝フインの木の稠密に茂った森の一景がある。これは後に「闇の森」として描きなおされ、『ホビット』の初版を飾ることとなった。

1920年代は全体として、トールキンの人生にとって重要な10年だった。1920年から1925年までリーズ大学の英文学部で教鞭をとり、1925年には、オックスフォード大学で英文学の教授に就任する。それに先だち、1917年には長男のジョンが生まれて父親となっていたが、1920年代が終わるまでに、トールキンと妻のイーディスとの間にはさらに3人の子どもが生まれた。すなわち、1920年のマイケル、1924年のクリストファー、1929年のプリシラである。子どもたちはしきりにお話をねだったので、トールキンは喜んでそれに応じた。

そうした物語の中には、手紙の形でやってきたものもある。1920年から1943年までほぼ毎年、12月になると、トールキンは子どもたちに宛てて、サンタ・クロースとその友人からの手紙という体裁で、北極を舞台にした冒険談や失敗談を語ったのだ。どの手紙も筆跡を変えて「ホンモノ」らしく見えるよう工夫し——たとえば、サンタ・クロースは2000歳近い高齢なので、字がゆれている——にせの北極切手を貼って、北極の消印が押してあった。ほとんどどの手紙にも、最低一枚のイラストがあり、とても装飾的なものが多い。『仔犬のローヴァーの冒険』のためにトールキンが描いたイラストの中には、これらに匹敵するみごとな絵が何枚か含まれている。この作品は、魔法でおもちゃに変えられてしまった仔犬の物語で、はじめて語られたのは1925年のことだ。「農夫ジャイルズの冒険」の文字となった最初期版も、紙の上に書きとめられたのはおそらく1920年代の後半だったと思われるが、どういうわけかイラストは1枚も描かれていない。最後に、20年代の終わりか、ひょっとすれば30年代の初めかもしれないが、トールキンは絵本を作った。文字と絵が半々で、ブリスさんと呼ばれるそそっかしくて風変わりな人物が、自動車に乗ってさまざまな失敗をするという物語になっている。

トールキンは自分の子どもが刺激となって、年少の子どもが聴いて面白い物語を作るようになった。これらは、ときどき父親の声がまじるものの、基本的に子どもの声で語られた、比較的短いお話である。それと同時に、依然としてトールキンの頭のなかを占めていたのは「シルマリル」の物語だった。こちらは膨大な歳月にまたがる悲しい歴史をつつみ込んだ叙事詩的な伝説で、「高踏的な」文体を用い、ときには古風な言葉によって語られる物語である。ところが1930年ごろになって（さまざまな証拠は矛盾をはらんでいて、正確な年の特定は不可能だが)、トールキンは、これら2種類の語りを合体させ、一部、神話から内容を借りてきた物語を書きはじめた。子どもたち（最初の聴き手はジョン、マイケル、クリストファーで、プリシラはまだ小さすぎた）のための作品ではあったが、出版されたときに批評家たちがいわく言いがたいと感じた深みとヴィジョンをそなえた作品となっていた。1937年10月2日付けの『タイムズ・リテラリー・サプリメント』に載った匿名の書評で——じつはトールキンの親友C・S・

ルイスによるもので、ルイスは内輪の事情をよく知っていた――『ホビット』によって読者がいざなわれる世界は、物語とともに誕生したのではなく、「われわれがそこに転げ込む以前から、ずっと存在しつづけていたように感じさせる」と述べられているが、これはまさにそのとおりである。

トールキンは、現在では有名になった『ホビット』の冒頭の一文（「地面の穴に一人のホビットがすんでいました」）を、学校の試験の解答冊子になにげなく書きつけたことを回想している。この紙は失われてしまったし、知られている最初期の原稿もほぼ散逸した。わずかに6ページだけが残っているが、そのうちの1枚には、「トロールの地図」のスケッチが描かれている。この初期原稿のあとにタイプ原稿と手書き原稿が作られ、それに付随して、〈霧の山脈〉と〈闇の森〉のあいだの地域、〈はなれ山〉の周辺地域の地図が描かれた。トールキンは『ホビット』の物語を何段階かに分けて創っていったようだ。クリストファー・トールキンが1937年にサンタ・クロースに宛てて書いた手紙から察するに、『ホビット』はトールキンの息子たちにとって、冬の夕食後の「読書」（つまり父親の読み聞かせ）の目玉だったことがうかがわれる。だが、現存している原稿のアーカイブや、書簡や回想のたぐいを調べても、『ホビット』の執筆がどのように進んでいったのか、しかと跡づけてはくれない。1933年のはじめごろC・S・ルイスに貸した時点で、すでに出版されたような形に達していたのかもしれない。あるいはそれとは逆に、深刻で成熟したトーンが濃厚な最後の数章は、アレン＆アンウィン社が1936年に興味を示すまで書かれていなかった可能性もある。

いずれにせよ、トールキンは、人に貸すことができる形で『ホビット』の草稿を作成した。コンパクトな可変フォントのある、多機能なハモンド社製のタイプライターで打った草稿だったが、トールキンはさらに単語や一部分のさしかえを几帳面にインクで修正し、別紙にタイプした修正個所を、もとの原稿の該当個所のうえにきちんと貼りつけた。この原稿のことをトールキンは“家庭内写本”と呼んだが、それにはトロールの地図、全体の地図、〈あれ野〉、〈闇の森〉、その他の地図やイラストが（全部で何点あったかは不明だが）含まれていた。1933年から36年のあいだに、トールキンはこの草稿をさまざまな友人や知り合いに貸し出したが、いくつかの出来事が重なって（ここでも、いろいろな人の証言がくいちがっているのだが）、最終的にアレン＆アンウィン社で編集助手をしていたスーザン・ダグナルの目にとまった。ダグナルは『ホビット』を読んで感動し、ぜひ出版すべきだとトールキンを説得した。トールキンはこの作品を再検討し、改訂し、完成品にしたうえで、1936年10月3日にアレン＆アンウィン社に送った。2か月とたたないうちに出版が決定し、契約書が調印された。

その時点で、はやくも本の製作がはじまっていた。11月28日にトールキンは見本ページを見て、デザインの変更を示唆した。おそらく同じ時に、本文に含めるつもりの５枚の地図をわたしたものと思われる。これは〈あれ野〉を渡って〈はなれ山〉へ、ドラゴンのスマウグの巣へと行くビルボ・バギンズの旅をたどったものとなるはずのものだった。現存するスケッチや書簡から推測するに、トロールの地図、〈あれ野〉、〈霧の山脈〉と〈おお川〉の上流地域の地図、〈はなれ山〉および周辺地域の地図、〈ほそなが湖〉に〈はなれ山〉の姿が組み合わさった図であったようだ。

ところが、トールキンの描いた地図は、カラーで、しかも濃淡が用いられていた。これを印刷するには、かなり費用のかさむ網目版印刷が必要だった。スーザン・ダグナルは、線画凸版で対処できるよう、レタリングに注意しながら描きなおすよう依頼した。トロールの地図と〈あれ野〉は見返しに２色で印刷し、残りの３枚の地図は本文のなかに単色で印刷してはどうかと提案したのだった（「網目版」、「線画凸版」については「はじめに」の最後を参照のこと）。これにこたえて、トールキンはトロールの地図と〈あれ野〉の図をシンプルな形に描きなおし、わたしは「絵の技術は未熟で、本の印刷のためにそのようなものを準備した経験がない」もののの、これならだいじょうぶだと思う、と述べている。また、残りの地図はもはや必要ないと考えたようだ。〈あれ野〉の図に、ほとんどの情報が含まれていると考えたのだろう。

この２枚の描きなおした地図にくわえて、トールキンは1937年１月４日に『ホビット』のためのイラスト４枚をアレン＆アンウィン社に送った。「見返し、口絵などに利用できると愚考し、〝家庭内写本〟につけていた１、２枚の素人画を」描きなおしたものだった。「闇の森」、「エルフ王の門」、「湖の町」、「おもて門」の４枚である。「全体として、このようなものは、もしもうまく描かれているなら、作品にプラスとなるでしょう。だけどこの段階では不可能かもしれないし、どっちにしてもあまり上手な絵ではないし、技術的に無理かもしれません」とトールキンは書いている。ところが出版社のほうではトールキンの絵がとても気に入り、ただちに印刷のための原版を制作するよう注文が出された。ただし「闇の森」については、インクのウォッシュがあるので、他のものとはべつに、網目版印刷を用いる必要があった。また、「おもて門」以外は横長の構図だったので、サイズをいちじるしく小さくしないためには、横向きに配置しなければならなかった。

１月17日、トールキンはアレン＆アンウィン社にさらに６枚のイラストを送付した。「丘――川むこうのホビット村」、「トロルたち」、「山道」、「東から見た霧の山脈、ワシの巣からゴブリンの門へ」、「ビヨンの館」、「Ｂ・バギンズ氏の邸宅、ふくろの小路屋敷の玄関ホール」がそうである。「どれも欠点があることは見ればすぐに分かります」とトールキンは、自分に厳しいいつもの流儀で書いている。「またそうでなくても、全部、もしくは一部のものについては、原版を作成するのに困難があるかもしれません」。イラストを追加したのは、前に送ったものは、画材をとった場所が物語の終わりのほうに集中しすぎているからだと、トールキンは説明している。「丘」が最初で、「ふくろの小路屋敷の玄関ホール」を最後に配置するというのが、トールキンの意図だった。そうすることで、「平穏な生活」ではじまり、また「平穏な生活」にもどって本をとじることができる――すなわち、「世界が静寂の中にあった、ある早朝のこと」で物語が始まり、ビルボの快適なわが家の光景が最終章にくる、というわけである。

ところが、アレン＆アンウィン社はイラストのための予算を計上しておらず、しかも児童書である『ホビット』はそれなりに安い定価で売ることしか考えていなかった。トールキンが最初の絵を送ったとき、スーザン・ダグナルはこう説明した――「とても魅力的なので入れないわけにはいきません。でも、それは経理上はまちがった判断なのです。第２弾をいただいたときに感じたことも、まったく同じです！」だから、何らかの節約が必要だった。本来は、「闇の森」を前の見返しにもってきて、「トロールの地図」を本文の中に挿入するばかりでなく、秘密のルーン文字、すなわち「ムーン［月］文字」を鏡像にして、同じ紙の裏側に印刷したい、というのがトールキンの希望だった。そうすることで、（第３章でエルロンドがするように）この地図を光にかざして見ると、文字が正しく読めることになる。しかし、「トロールの地図」と「あれ野」はどちらも２色刷だが、紙の片面に印刷して見返しにすることで経費を節約すべきであり、本文のなかに入れたり、２つ折りの図版として挿入するのは問題外だというのが、アレン＆アンウィン社の会社としての判断だった。最終的には、「トロールの地図」の「隠された」ルーン文字は表側に印刷すること、ただし消えたり浮かんだりすることを示すために、袋文字で描くということで決着した。

アレン＆アンウィン社側でこのようなデリケートな問題を扱うのは、有能な製作マネージャー、チャールズ・ファースの役割だった。ファースはスーザン・ダグナルとともにトールキンと手紙のやり取りをしたり家を訪れたりして、校正の作業や、その他諸々の細かい処理をすべてとどこおりなく進行させていった。ファースとダグナルがトールキンの意思をあそこまで尊重し、本のデザインにまでまきこんだことは驚きだと、レイナー・アンウィンはずっと後になって述べている。しかしトールキンはレタリングと装飾には高い眼識があった。それに、児童書には、ヒュー・ロフティング（「ドリトル先生シリーズ」）やアーサー・ランサム（『ツバメ号とアマゾン号』）など、著者がイラストを描いて成功した前例もあった。そんな事情があって、トールキンは1937年の2月か3月に、『ホビット』のカバーの絵も描いてみないかという誘いをうけた。このときのトールキンは校正のまっ最中で、それまで気づいていなかった物語の流れや地理的な面の矛盾を正すために、本文の修正に忙殺されていた。この作業を終了することのほうが緊急性が高いので、すぐにカバーのデザインに取りかかることはできなかったが、4月13日にはデッサンを渡し、さらにその2週間ほどあとに修正版を出すことができた。

1937年5月、『ホビット』の表紙サンプルとして、いくつかの色の試作品がアレン＆アンウィン社からとどいた。トールキンはどれも魅力に乏しいと感じ、何かちょっとしたデザインを入れればよくなるだろう、自分が描いてみようと提案した。7月、病気のために遅れたが、トールキンは表紙デザインの案を送った。ルーン文字と「よくあるドラゴンのデザイン」をあしらったものだが、それが採用された。

1937年9月21日に『ホビット』がジョージ・アレン＆アンウィン社から出版された。この日に物語を手にした読者は、本をあける前から、表裏通しの絵でトールキンがカバーに描いた森、雪をいだいた山々を見て、物語の世界に引き込まれていく。そしてカバーをとると、布表紙には、山々、月、太陽、翼のあるドラゴンが、これも表裏通しでデザインされている。表紙をひらくと、前の見開きだ。「トロールの地図」が目に飛び込んでくる。神秘的な（アングロ・サクソンの）ルーン文字が記されていて、いかにも古代の〝遺物〟のように見える。ついで、題扉の向かい側には「丘——川むこうのホビット村」のイラスト。これを含めて線画凸版で印刷された白黒のイラストが合計8枚、それぞれ適切な場所に挿入されている。そのうち「闇の森」だけは網目版印刷のイラストで、第8章（「ハエとクモ」）のはじまりに入っている。最後はうしろの見開き。赤黒の2色刷の「あれ野」の地図で、〈あれ野のへり〉から〈スマウグのあらし野〉までが描かれている。

『ホビット』の物語は面白い。わくわくする。それはいまさらいうまでもないが、1937年に出版された『ホビット』という本は、視覚的にも存分に楽しませてくれるものだったのだ。トールキンの絵が入っている現在の標準版でも、おおむねそのとおりだといえる。ただし表紙のデザインはなくなり（ドラゴンのデザインの1つは、前扉の略書名の下に残されている）、最近の版型が縦長になったことにともなって、カバーの絵の左右の折り込みが以前より深くなり、もとはルーン文字の並んだ帯が縦横ともにカバー全体のへりを飾っていたのが、左右の部分については折り込まれて見えなくなった。

1937年5月11日、アメリカの出版社が『ホビット』に興味をもっているが、アメリカ人の画家によってカラーの挿絵を4枚追加したいと言ってきていると、トールキンのもとに打診がきた。『ホビット』の挿絵はすべてトールキン自身が描くのがベストではないかというチャールズ・ファースの意見がそえられてあった。５月13日のトールキンの返事はこうだった。――「自分の無能は承知しているいっぽうで、アメリカ人の画家が（きっと技術はすばらしいでしょうが）どんな絵を描いてくれるか恐怖でもあり、気持ちが割れています。どちらにせよ、おっしゃるように、すべて同じ人が描くべきだと思います。４枚だけプロの絵と並べられると、わたしのしろうとっぽい絵がバカみたいに見えるでしょう」。7月の末までに、トールキンは『ホビット』のために水彩画を４枚描いた。すなわち、「さけ谷」、「ビルボ、早朝の日ざしがまぶしくて目がさめる」、「ビルボ、筏《いかだ》乗りのエルフの小屋に到着す」、「スマウグとの会話」である。８月13日には、「丘」のカラー版が完成していた。絵のテーマは、本の中にかたよりなく散らばるように選んだと、ファースに説明している。「丘――川むこうのホビット村」は口絵の原画がそのまま用いられた。「さけ谷」と「ビルボ、筏乗りのエルフの小屋に到着す」については、試し描きが残っている――図版18～22、104、60～63、105――が、「ビルボ、早朝の日ざしがまぶしくて目がさめる」と「スマウグとの会話」については、もともと仮に試し描きがあったとしても現存はしていない。

この５枚のカラーの絵は、画家トールキンの最高傑作といってよいが、アレン＆アンウィン社の『ホビット』の１刷にはまにあわなかった。しかし、２刷の際には（奥付は1937年だが、発売は1938年１月）、「ビルボ、早朝の日ざしがまぶしくて目がさめる」を除いた４枚が追加された。定価を変えずにカラーの挿絵を４枚も追加できたことに、トールキンは驚いた。アメリカの出版社ホートン・ミフリンも４枚の挿絵を採用した。こちらは「ビルボ、早朝の日ざしがまぶしくて目がさめる」を入れて、「ビルボ、筏乗りのエルフの小屋に到着す」を除いた。ただし、原画の一部が切断ないしはマスクされ、とりわけタイトル部分が消されてしまったのが惜しく、画竜点睛を欠くような結果となっている。

イギリス、アメリカの双方で、５枚の挿絵がすべて完全な形で『ホビット』に組み込まれるようになったのは、のちのちの話である。ホートン・ミフリン社は、さらに、網目版印刷のページを挿入せず、線画凸版で処理できるよう「闇の森」を画家（名前は不明）に描きなおさせて、濃淡を消してしまった。また、横長のサイズに合わせるため、「トロールの地図」と「あれ野」を左右に引き延ばした。そして見開きの地図は赤黒の２色ではなく、赤１色とし、順序も逆にしてしまった。

ホートン・ミフリン社には、アレン＆アンウィン社のカバー絵があまりに「イギリス的」と感じられたようで、カバー上部には「丘――川むこうのホビット村」、下部には「スマウグとの会話」をあしらった。これを見たトールキンは慄然とした。どちらの絵も派手な青と赤の枠にかこわれ、宣伝文句を書いた吹き出しによって一部が隠れている。ホートン・ミフリン社は、『ホビット』第２版（1951年）からはトールキン自身の描いたカバーデザインを用いており、現在でもいくつかの版ではそれを踏襲しているが、表紙はトールキンの描いた装飾的なものでなく、シンプルなものに変えている。

書評は、ヴィジュアルな面が触れられている箇所では、多くの場合好意的だった。トールキンの絵は想像力ゆたかで、スリリングで、〝いきで〟、〝手が込んでいて〟、（ときには〝不気味〟で）、細かい点にまできちんと神経がゆきとどいている、といった風である。読者を『ホビット』の世界にひきずり込んでいくのに、物語の本文だけでなく、挿絵の役割が大きいことが指摘されたのは、ずっと後になってからのことだ。トールキンの挿絵は「意識的に子どもらしさを出そうとして描いたわけではないが、まさに子どもが想像するような魔法の世界をヴィジュアル化したものとなっている」と批評家マージャリー・フィッシャーは述べている。フィッシャーはまた、『ホビット』に描かれているビルボは、大きさがさまざまに変化していることにも気づいている。わが家にいるときのビルボ、すなわち「ふくろの小路屋敷の玄関ホール」に描かれたビルボは〝正常〟だが、その他の場面――「ビルボ、早朝の日ざしがまぶしくて目がさめる」で大ワシの横にいるビルボ、「ビルボ、筏乗りのエルフの小屋に到着す」で樽にのって川下りをするビルボ、「スマウグとの会話」で宝物が山と積み上がっている部屋で巨大なドラゴンに向かってうやうやしくお辞儀しているビルボ――このような場面のビルボは、周囲に合わせるために、小さく描かれている。トールキンは、「物語を読んでいるときは明々白々なこと、つまりビルボがちっぽけでごくありきたりの存在だということを」、こうした絵で強調しようとしているのだとフィッシャーは主張している。それはまあ、その通りだろう。だが、トールキンは人間（あるいはホビット）の姿を描くのがあまり得意でなかったので、ビルボを小さく描いたり、一部を隠したり、シルエットにしたりすることは、決して歓迎したくないことではなかった。この脈絡からいえば、〈湖の町〉の人間もまた同じように小さく描かれていること、『ホビット』の挿絵のうち早い時期に完成されていたもので、人物の含まれているものをトールキンが出版しようとしなかったことも、あわせて記憶にとどめておいてよいだろう。この本には「地理や風景にかかわる絵がもっとも適している」と人から言われた、「それ以外のものが、わたしにはうまく描けないということもありますが」と、トールキンはチャールズ・ファースに述べているのである。

『ホビット』の〝家庭内写本〟の段階なら、トールキンは恥も外聞もなく、存分にアマチュア画家ぶりを発揮していればよかった。なんでも好きなものを描けばよいし、そのときの気分に合わせ、その時々に都合のよい媒体を選ぶこともできた。グラファイトでも、インクでも、色鉛筆でも、絵の具でも、なんでもよかった。このようなコンテクストなら、家族や友人がトールキンの絵を見ても、なにかものたりない、あかぬけないと思っても見のがしてくれる。ところが、本になって印刷されてしまえば、多くの読者の目にさらされ、そのほとんどは知り合いではないし、批判的な目で見られる可能性だって大いにある。公刊版『ホビット』のためには高いレベルに合わせた作品を制作しようとトールキンが気を砕いていたことは、数多いアレン&アンウィン社への手紙に明らかだし、作品の完成版につぎこんだ努力のほどからもうかがえる。試しのスケッチを何枚も描いて、やっと最終的な形に落ち着いた作品は何枚もある。〈ホビット村〉の絵（「丘」）、それに〈エルフ王〉の宮殿の門の絵は、まさにこのようなプロセスのすえに完成されたものだ。ときとして、トールキンは過去に描いた画を再利用することもあった。たとえば、「闇の森」はタウア＝ヌ＝フインの絵をもとにしている。「トロールの地図」に描かれたドラゴンの１匹は、『ベーオウルフ』に感じるところがあって描いた小品から来ている。もう１匹は、かつて『仔犬のローバーの冒険』のために描いたイラストに用いたものを転用している。また、『ホビット』のカバーの前景として描かれている木々は、かつて描いた「世界の果ての森」という絵に酷似している。トールキンは着想をえるために、プロの作品を見ることもあった。「トロルたち（Trolls）」は、ジェニー・ハーバーが『ヘンゼルとグレーテル』の挿絵として描いたものを基にしていることは、ほぼ疑いがない。また、「ビルボ、早朝の日ざしがまぶしくて目がさめる」は、鳥の本に載っていた、アレグザンダー・ソーバーンによる「イヌワシ」を取り込んでいる。

　正直なところ、『ホビット』ほど魅力ある文学作品にはイラストなど必要ない。しかし著者自身がイラストを制作したばかりか、才能あるアーティストとしてすぐれたイラストを提供できる場合には、読者としては諸手をうって歓迎したい気分になるだろう。そうでなくてもすばらしい物語に、さらにあらたな次元、厚みをつけくわえてくれるのだから。本書の著者の１人がはじめて出会った『ホビット』は、イラストのない版だった。それゆえ、トールキンの言葉を彩っている作者自身の絵画を知らなかったことで、どれほど貧しい自分であったか、思いも及ばなかった。本書『トールキン「ホビット」イメージ図鑑』は、トールキンのもっとも愛されている物語の１つに、作者自身が描いたイラストのすべて、家族と研究者に知られているかぎりのすべてを、読者の皆さんにご覧いただこうという本である。それにくわえて、トールキンが他の用途のために描いたが、『ホビット』に影響をあたえた数枚の絵も含まれている。

〜

以下の図の解説をする際に、『ホビット』がはじめて出版された当時、印刷業界でよく用いられていた用語を使うことになるが、現在の読者のためにきちんと説明しておくのがよいだろう。線画凸版（line-block）と網目版（half-tone）は、写真を利用して、絵を金属の（通常は亜鉛）プレートに移すプロセスを意味する。このプレートはついで酸によるエッチングの過程をへることで、模様が凸面として残る。1937年当時、本の製作は金属製の活字組版による凸版印刷であり、凸版のプレートであるかぎり同じ印刷機で処理できた。線画凸版は、トールキンのペン描きのスケッチなどのような、線と点で構成されている絵に用いられた。網目版は、たとえば「闇の森」のような濃淡のある絵に用いられた。スクリーン（網目）を通して写真を撮り、像を点に分解することによって作成された。このようなプレートが印刷されると、色のトーンが表現されているように見えた。最大限の効果を引き出すために、網目版の印刷には、なめらかな光沢紙が用いられるのが普通だった。トールキンの水彩画のイラストも網目版で印刷されたが、複数の版が用いられた。この版は、フィルターをかけて絵を3つの色相（赤、青、黄）および黒の要素に分解することによって製作された。

ほとんどの場合、この本では、トールキンの絵は可能なかぎり大きく印刷したが、品よく収まり、キャプションを入れるだけの余白をとってある。ごく少数だが、オリジナルのサイズより拡大された例もある（といっても、ひどく拡大されているわけではない）。また、図版**59**、図版**103**のように一部を切り取って集めている例を除き、オリジナルがきわめて小さい絵を拡大することは行っていない。ありのままに、歪みなくご覧いただきたいからである。色彩についても一貫してオリジナルの再現につとめたが、かすかな鉛筆の下絵をご覧いただくため、色調を暗くしているスケッチ画も何枚かある。背景の色調は、紙の素材によってさまざまのバリエーションがある。トールキンが用いた紙は一様でなく、手もとにある紙を使うことも多く、罫の入ったノート用紙が用いられることすらあった。したがって、素材の差から生じる像の質のばらつきについては、補正する必要があった。

「闇の森」の原画は紛失されたので例外であるが、それ以外の複製は原画を用いて行われた。そのため、インクや絵の具の下に鉛筆のスケッチがうかがえるケースも多く、白絵の具で修正されている個所が見えるものもある。これらは、印刷のための線画凸版を作製するさいに用いられるハイコントラストの複写用カメラでは見えなくなってしまうが、『ホビット』が、原稿として書かれはじめた時点から最終的に印刷された本になるまでのイメージ面の変遷を研究するには不可欠のものといってよい。この本に複製された画像の中には、トールキンの自筆文書に加えられた参照番号がついているものもある。また、絵をアルバムに収納するさいに用いられた保管用テープの一部が見えているものもある。

『ホビット』からの引用には、『ホビット』（原書房）を用いた。解説の文の中で物語が多少紹介されてはいるが、読者がこの物語をすでにご存じであることを前提とせざるをえなかった。

『ホビット』誕生の歴史については、*J.R.R. Tolkien Companion and Guide*（2006）に詳しく説明されている。ダグラス・A・アンダーソン編の *The Annotated Hobbit*（2002 年改訂版）にはトールキン以外の画家による挿絵が集められていて興味深い。また、ジョン・D・レイトリフの *The History of the Hobbit*（2007 年刊、2011 年改訂版）、本書の編者が編んだ『トールキンによる「指輪物語」の図像世界《イメージ》』もあわせてご参照いただきたい。

トールキンがジョージ・アレン＆アンウィン社とやりとりした書簡のほとんどは、現在イギリスのハーパー・コリンズ社（アレン＆アンウィン社を継承）が管理するアーカイヴから直接引用した。ただし、そのうちほとんどのものは、*The Letters of J.R.R. Tolkien*（1981）にも採録されている。アレン＆アンウィン社のトールキンへの鷹揚な対応についての、レイナー・アンウィンの感想は、回想録 *George Allen & Unwin: A Remembrancer*（1999）に見える。C・S・ルイスによる無署名の書評「子どものための世界」は、書評誌「タイムズ・リテラリー・サプリメント」の 1937 年 10 月 2 日号（714 ページ）に載っている。マージャリー・フィッシャーの『ホビット』へのコメントは、雑誌「グローイング・ポイント」の 1976 年の 12 月号に載った「昔のお気に入り」（3014 ページ）に含まれている。クリストファー・トールキンがナルゴスロンドについて述べた言葉（83 ページに引用）は、『ホビット』の 50 周年記念エディション（アンウィン・ハイマン社、1987 年）の序文に書かれたものである。

ウェイン・G・ハモンド ＆ クリスティナ・スカル

THE ART OF THE HOBBIT
by J.R.R. TOLKIEN

トールキンの
ホビット
イメージ図鑑

1 「世界が静寂の中にあった、ある早朝のこと」

丘の下のふくろの小路屋敷

「世界が静寂の中にあった、ある早朝のこと」（図版 1）には、〈ふくろの小路屋敷〉にガンダルフがやってきたときの場面が描かれている。「遠いむかしのある朝のこと、世界は静寂の中にありました…。朝食をすませたビルボ・バギンズが戸口のところにたたずみ、毛におおわれ（ブラシをかけて整え）た足の指にまでとどこうかという、とてつもなく長い木製パイプをふかせていると、どういう風の吹きまわしか、ガンダルフがふらりとやってきました」（第 1 章）。おおまかなスケッチで、とても小さいが（拡大図は図版 103 を参照）、ビルボの姿は第 1 章に述べられるホビットの描写にぴったり合致している。「ホビットといわれるこの種族、背は低くて人間の半分くらい」で、「ホビットの腹は、たいていつき出て」おり、巻き毛で、靴をはいていない。中ほどの距離のところ、〈ふくろの小路屋敷〉の隣人の暖炉の煙が立ちのぼっている先に、ホビットの国が広々とひろがっている風景が見える。『指輪物語』では西四が一の庄と呼ばれている地域である。地平線の上に鉛筆で描かれた鋭角の線は、ワシの嘴《くちばし》のように見えるが、ガンダルフの帽子を横向きにスケッチしたものかもしれない。

ビルボの家（ホビット穴）では、「上等の部屋はすべて（奥にむかって）左手です。というのもそちら側だけに窓があるからです。丸い窓は庭に面し、庭のむこうには草はらがなだらかにくだり、川にたっしています」（第 1 章）。だが、初期の「丘の下のふくろの小路屋敷」（図版 2）の絵では、まだトールキンが〈ふくろの小路屋敷〉の〝間取り〟をあれこれ考えている段階で、こころみにドアの右側にも窓を描いたりしている。大きな木が玄関の上のほうにあるが、後の絵では、丘のてっぺんに移されている。ビルボの家の玄関の前には、背の高い鉢植えの木が左右におかれている。そしてその横にはベンチがある。ビルボはそこに座ってガンダルフと話すのである。

「ガンダルフ」（図版 3）では、「つんと高い青のとんがり帽をかぶり、長いグレーのマントをはおり、首には銀色のスカーフを巻き、長い白鬚を腰の下までたらし、おまけに足には巨大な黒ブーツをはい」て、「とがった杖をついた」（1937 年版の第 1 章）老人の姿が正確に描かれている。ガンダルフは〈ふくろの小路屋敷〉の玄関の横に立っている。扉は「船の窓のようにまん丸。そしてそのまんまん中に、キラキラと金色に光る真鍮の取っ手がついてい」て、横のほうに呼び鈴の紐がある。丘は薄い線でスケッチされているだけだが、まん中部分は完成していて、ビルボの玄関扉にガンダルフがひっかいて記したルーン文字風のしるしも見える。このしるしを見たドワーフのグロインは、「当方は押入《おしいり》、職求む。スリルたっぷりならば報酬は格安にて可」と読むことになる。

2 「丘の下のふくろの小路屋敷」

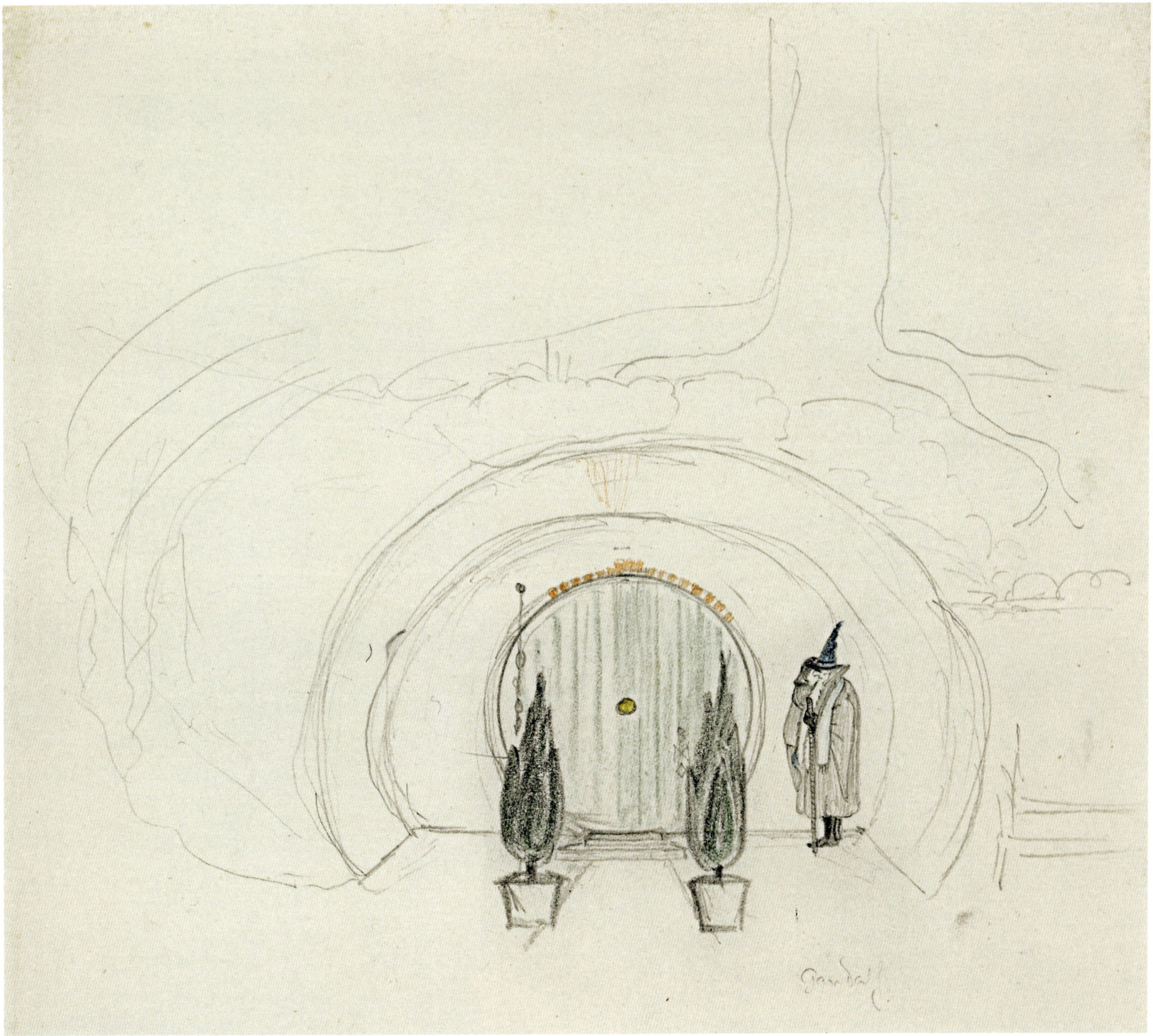

3 「ガンダルフ」

ホビット村の丘

『ホビット』の第２章では、ビルボはガンダルフによって追い立てられるようにして快適なわが家をあとにし、ドワーフのトリン・オウクンシルドと仲間たちに会うために、「毛がふさふさの足で走れるかぎりの全速力。小径《こみち》を下り、大きな〈水車〉をすぎ、〈川〉をわたり、さらに１マイル以上も駈けて」いった。トールキンはこの〈ふくろの小路屋敷〉から〈川〉（〈水車〉のわきを流れる小川）までの道をイメージするために、そして心おぼえのために、〈丘〉および〈ホビット村〉の一部の絵を何枚か完成させている。

ビルボの家は〈ホビット村〉の〈丘〉（図版 4）のてっぺん近くにあり、〈丘の下《もと》〉の〈ふくろの小路屋敷〉（図版 2）と同じように描かれているが、こちらには大木はなく、隣接する庭と草はらがくわしく描かれている。この絵では、「〈丘〉の下、〈丘〉の上、〈川〉のむこうを見渡してもまたとないほどの大豪邸」（第１章）が、他の家々からかなり離れてたっている。左下に案内板があり、坂の上の〈ふくろの小路屋敷〉へと指示している。この近隣でめだつ、重要な屋敷であったことが分かる。他のホビット穴がいくつか右上に見え、オーソドックスなスタイルの家々や離れ屋などが、中央に描かれている。〈水車〉はとくに念入りで、石組み、屋根板、風見、川面《かわも》の波などが細かく描き込まれている。公刊版では、ビルボは〈みぎわ丁〉の〈グリーンドラゴン亭〉でドワーフたちに出会うが、草稿段階では、その場所が〈大水車〉になっている。

標題のない絵（図版 5）では、うねった長い小径は同じだが、道の先のほうにいくつかのホビット穴と背の高い木々が加えられているので、〈ふくろの小路屋敷〉が隠れそうになっている。同じ紙の裏側には、「ホビット村の丘」（図版 6）と題された２枚目の絵がある。小径のわきの土手の中へと掘り込まれたホビット穴が見えるが、注目すべきは下の左端に描かれた橋である。公刊版でビルボが渡る橋である。

その他の絵では、小径の曲がりぐあい、木々や建物の位置がさまざまに試されている。また、〈水車〉の建物を描きなおし、建て増し部分を西ではなく東（右）に移し、〈ふくろの小路屋敷〉の下の原っぱを区割りして整えている。図版 7 は中央に詰まりすぎているのが気に入らなかったのだろう、軽いスケッチの段階で放棄されている。図版 8 の小径は坂があまりに急で、ビルボが走っておりるには危険そうに見える。対する図版 9 だとまるで蛇のようにうねっている。最終的には、その中間のほどよいカーブにおさまった。

5　ホビット村の丘

6 「ホビット村の丘」

7 「丘——川むこうのホビット村」のスケッチ

4 「ホビット村の丘」

これらのスケッチをもとにした最初の完成版は、「丘——川むこうのホビット村」（図版10）である。この作品では、〈ふくろの小路屋敷〉の扉にはじまって、〈水車〉の裏手の庭で地面をつついている鳥にいたるまで、細部がくわしく描き込まれている。草地はフェンスや生け垣で区分けされている。畑のうねやほし草の山が見え、ホビットは農耕をおこなう人々だったことが分かる。木々の下や小径の上に影がかかっているので、太陽に明るく照らされている場面である。これ以前の〈ホビット村〉のスケッチでは空に何もなかったが、この作品では雲がただよっていて、左上には、木々が生え丘のある遠くの土地がかいま見える。『ホビット』の多くのイラストに共通しているが、左下にトールキンの名の頭文字である「JRRT」のサインがなされている。

このインクによる線画はタイトルページの対面に用いられたが、1937年9月に出た『ホビット』のイギリスでの1刷のみである。1刷にはまにあわなかったが、トールキンは2刷にまにあうよう、「丘——川むこうのホビット村」（図版11）を完成させた。アメリカの出版社から求められた5枚のカラーのイラストの1枚である。2刷からは、インクの線画に代わってこれが用いられた。もとのインク画のバージョンをトレーシングして描いてあるが、さらに手がくわえられている。インク画だと〈水車〉などの窓が長方形だが、新しいバージョンでは〈ふくろの小路屋敷〉のような丸い形になっている。また、案内板には、〈ふくろの小路屋敷〉でなく〈丘〉と書かれている。もっと大きかったのは、色が使えるので、陽気な春のある日、青空のもと明るい日ざしがさんさんとふり注ぎ、庭に草花が咲き乱れている〈ホビット村〉、そして〈ふくろの小路屋敷〉を描くことができたことである。ここには、のんびりとした理想郷的な場所が現出している。ビルボがそもそも離れたがらず、東の荒れ地にあっては、やみがたき望郷の念にさいなまれるのも当然と思わせる風景となっている。

インク画、水彩画をとわず、〈丘〉の挿絵に描かれている細部は、『ホビット』の本文では触れられてはおらず、後の『指輪物語』で描かれることになる。『指輪物語』では、〈ホビット庄〉（広くホビットのすむ地域がこう呼ばれた）自体が物語の中で重要な役割をはたすことになるからである。〈ふくろの小路屋敷〉のすぐ下に、草地と〈誕生祝いの木〉があり、ここでビルボが「仁寿」（111歳）の誕生日を祝う。ビルボの屋敷の庭の南にある3つのホビット穴は〈袋枝道〉に面し、その1つにサム・ギャムジーが父親と住んでいる。絵の中央の建物は、〈農園屋敷〉で、かたわらの木立は栗の木（それとわかるのは水彩画のみ）で、サルマンの命令で切り倒される。〈水車〉はテッド・サンディマンの父親が所有している。遠くの風景は、おそらく北四が一の庄の〈俵森〉だろう。『ホビット』では、「〈丘〉のむこう」の土地としか書かれていない。

9 「丘——川むこうのホビット村」のスケッチ

8 「丘——川むこうのホビット村」のスケッチ

10 「丘——川むこうのホビット村」

11 「丘——川むこうのホビット村」

ビルボへの手紙

「思いがけないお客たち」がやってきた次の朝、ビルボは暖炉の上、「時計の下」に残されていた手紙を受け取る。

トリンと仲間より、押入《おしいり》のビルボ殿へ。
貴殿の歓待にこころよりの感謝とお礼を申し上げます。また、プロフェッショナルとしての技能提供のお申し出、ありがたくお受けいたします。条件は以下のごとくです。報酬——（黒字のばあい）利益総額の14分の1を限度とし、それを超えぬ額を代金引換払いにて。旅費——赤字、黒字いずれの場合にも、すべて保証。葬儀費用——事態の発生に応じて、われわれもしくは当方の代理人により負担のこと。遺体の喪失など葬儀が不可能な場合には、免責とさせていただきます。
わが敬愛するビルボ殿のご安眠をさまたげるに及ばずと愚考《ぐこう》いたし、必要なる諸準備のため、先に失礼つかまつります。正《しょう》11時、〈みぎわ丁〉の〈グリーンドラゴン亭〉にて、ご来駕《らいが》をお待ち申しております。時刻厳守のこと、かさねがさねお願い申し上げます。
永遠《とわ》に、忠実な下部《しもべ》なる、トリンおよび仲間より。

このメッセージは（ビルボ自身のメモ用紙がちゃっかりと使われて）英語で書かれているが、トールキンは、「シルマリル」神話との関連で創り上げた、「エルフの」文字〈テングワール〉で記されているさまを想像し、自分の楽しみのために「複製」（図版12）を作らないではいられなくなった。これはトリンの筆跡で、トリンの性格をほうふつとさせる大胆なタッチで書かれてある。トールキンは、1938年2月20日付けの「オブザーヴァー」紙に投稿して、ドワーフはときどき〈テングワール〉を使う、「スマウグの巣の絵にある黄金の壺に刻まれている呪い」（図版71、「スマウグとの会話」）がその例だ、と述べている。
ビルボがドワーフとかわした契約の「複製」が、遅い段階で作製されたものであることは、〈グリーンドラゴン亭〉の文字があることで分かる。〈大水車〉が〈グリーンドラゴン亭〉に変わったのは、組み校正刷りの段階だったからである。トールキンの遺稿の中には、〈テングワール〉で記された手紙の契約書が、このほかに2つのバージョンで存在する。ドワーフがルーン文字を用いるのは特殊な目的のあるときのみで、ふだんはエルフの文字を使うほうを好んだと、説明されている。

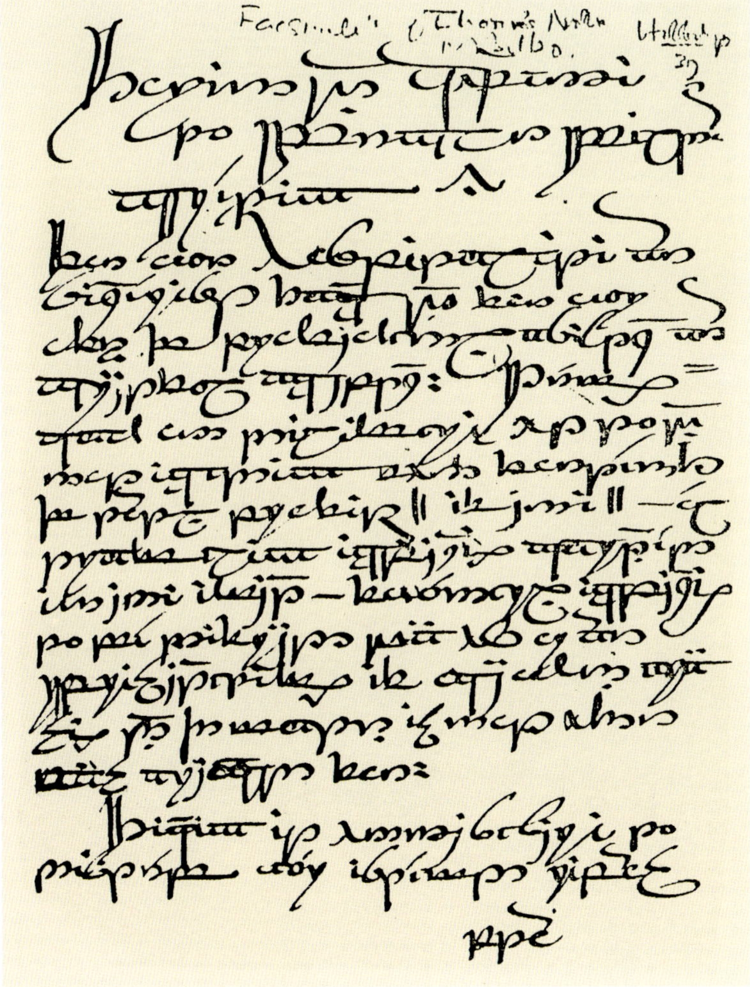

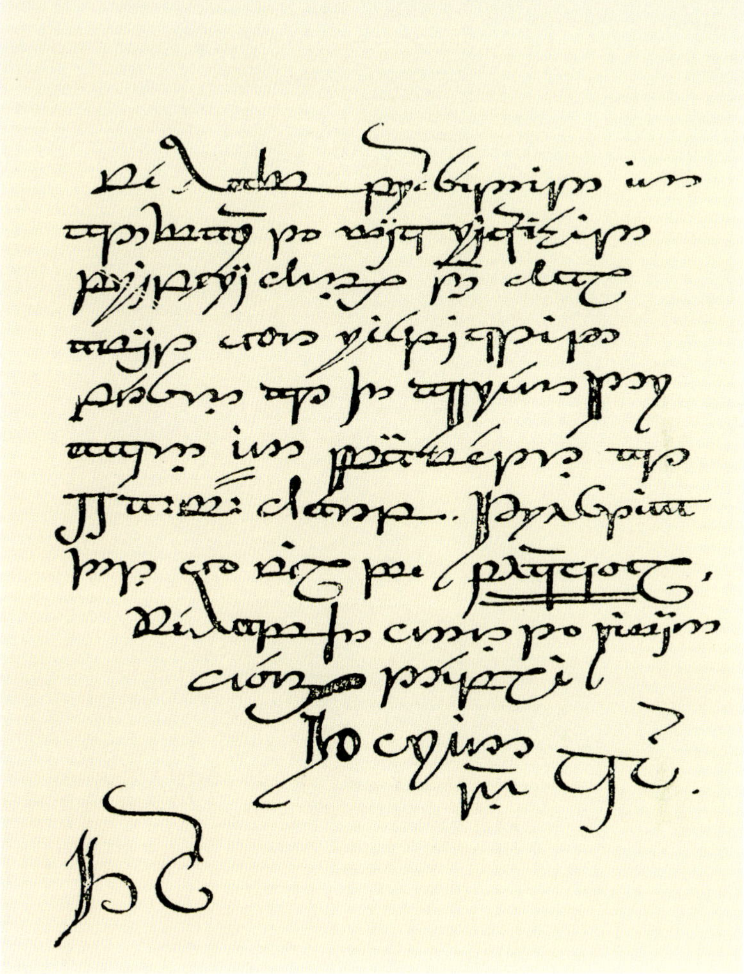

12　トリンのビルボへの手紙

13 「トロルの丘」

トロルたち

あるじめじめと肌寒い夕べのこと、「烈風で灰色の雲が裂けると、丘の上を疾走するちぎれ雲のあいだに、月がふらふらと顔を出しました」。ビルボとドワーフたちは「〈わびしい国〉の奥へ奥へと分け入って」ゆき、「すこし前方に、樹におおわれた丘が見えます。ところどころ、かなりぶ厚い茂みとなっており、そのようなこんもりとした樹木の黒いかたまりのあいだから明かりがもれています。赤っぽい、いかにも心地よさそうな光です。どうやら、たき火か、タイマツの火がまたたいているようです」（第２章）。「トロルの丘」（図版13）に描かれているのはこのような光景である。中ほど、やや左に、赤い炎の輝きが点じられている。

〈押入《おしいり》〉のビルボは、この光の正体を調べにいき、トロルにつかまる。ビルボを捜しにきたドワーフたちも捕まり、「みんなきちんと縛った袋につめられ」た。『ホビット』の本文では、「巨大」、「かなり大ぶり」と述べられているものの、トロルがどのような姿をしているかは、読者の想像にゆだねられている。しかし、「３人のトロルが石に変えられる」と題した２枚のイラスト（図版14、図版15）では、トロルの全身が描かれている。くわえて、かれらのキャンプの装備品と何人かの袋づめになったドワーフたちが示され、左手上方に木の葉の間からビルボの顔が覗いているのが見える。２枚目は、１枚目をもっとていねいに描きなおしたものだ。どちらも、トロルが、夜が明けたときに外に出ているために石になるという場面である。それというのも、「読者の皆さんもきっとご存知でしょうが、トロルは夜が明けるまえに地下にもぐらねばならないのです。そうしないことには、山の石から生まれた彼らは、ふたたび山の石にもどってしまい、二度と動けなくなります」。右手にはガンダルフの姿がある。木の陰から出てきて、杖をあげようとしているところである。

トールキンは「３人のトロルが石に変えられる」に描いたトロルの姿に満足できなかったのではなかろうか。あるいは、自分の使っているインクのウォッシュが、線画凸版ではきれいに出てくれないことを知っていたのかもしれない。いずれにせよ、本のイラストとしては、「トロルたち」（図版16）という別の絵を描いた。中央で、「ブナの丸太の特大のたき火」が燃えている。３人のトロルが、明かりの輪のすぐ外側にひそみ、ドワーフたちが森の中の丸い空き地に１人ずつ入ってくるのを待ち伏せしている。下のほうに、１人のドワーフが近づこうとしているのが見える。光、影、ねじれて昇る煙、そして炎が、強烈な雰囲気をかもしだしている。

「トロルたち」の基本的な構図は、プリシラ・トールキンが持っていたおとぎ話集に載っている、ジェニー・ハーバーによる「ヘンゼルとグレーテル」へのイラスト（『トールキンによる「指輪物語」の図像世界《イメージ》』、図版101）からインスピレーションを得ている。しかし、トールキンの絵のほうが様式化され、不気味な印象が強い。

14　「３人のトロルが石に変えられる」第１バージョン

15 「３人のトロルが石に変えられる」第２バージョン

16 「トロルたち」

さけ谷

〈あれ野〉のまさに縁《へり》までやってきて、ビルボたちの一行は〈さけ谷〉のエルフたちのもとで休息をとる。「〈霧の山脈〉の西側にある、〈最後のくつろぎの家〉」(第3章）には、エルロンドが住んでいるのである。この美しい谷の斜面には、マツ、ブナ、カシの木立がある。「岩の川床を走る急流」の上には、「細い石橋」がかかっている。『ホビット』の本文には、〈さけ谷〉はとても深くえぐれた谷だと書かれているが——ビルボたちは、「急なつづら折りの坂」を下って谷底にまでいくが——「さけ谷へおりていく」と題された作品（図版17）では、川沿いの木立のてっぺんの位置を見てはじめて、馬にのったガンダルフのいる位置よりも道がはるか下までくだっていることが分かる。橋を渡ったむこう岸には、5本の柱に支えられた大きなポルティコ（もしくはポーチ）のついた、りっぱな屋敷が見える。

この絵の裏側に、屋敷が描きなおされている（図版18)。窓が多く、ポルティコも柱が8本となり、横に長くなっている。「さけ谷へおりていく」では屋敷の中央に塔があるが、こちらのほうには屋根のない中庭があり、「ロ」の字形の建物の四隅に煙突が立っている。家を描いた作品はもう1枚ある。さらさらとスケッチしただけの〈最後のくつろぎの家〉だが（図版19)、ポルティコは5本柱で、入口の横幅いっぱいのサイズの大きなステップがついていて、クラシックなスタイルが顕著である。

「東からみたさけ谷」(図版20）というタイトルとは裏腹に、この絵はじつは西から眺めた景色である。描かれたときのタイトルは「さけ谷」だけだったが、その後のいつかの時点で、「東からみた」がつけくわえられた。おそらく、中央下のエルロンドの家のスケッチのみに注目し、(〈あれ野〉の地図、図版88、89に示されているように）家は川の北側にあるのだから、この絵は東から西を見た図だと考えたのであろう。ところが、川がみなもとを発する〈霧の山脈〉は東側にあるのである。この絵をよく見れば、下の左のほうの正しい位置に、もう一つ家がスケッチされているのが分かる。谷の深さ、けわしさが、この絵ではドラマティックに表現されている。(図版104も参照のこと。)

「西からみたさけ谷」(図版21）も、最初はただ単に「さけ谷」という題名だった。この絵にも深い谷があるが、それにくわえて、草地や畑、丘、遠くの山頂などを含む大きな眺望も描かれている。色鉛筆を用いてそそり立った崖に複雑な表情をあたえるなど、手の込んだ、完成度の高いこの作品に、トールキンがかなりの時間を注いだことは明らかだ。この絵の屋敷にも塔があり、フェンスで囲われた庭もある。川の幅は広く、頑丈そうな3つのアーチの橋がかかっているのは、この絵だけの特徴だ。

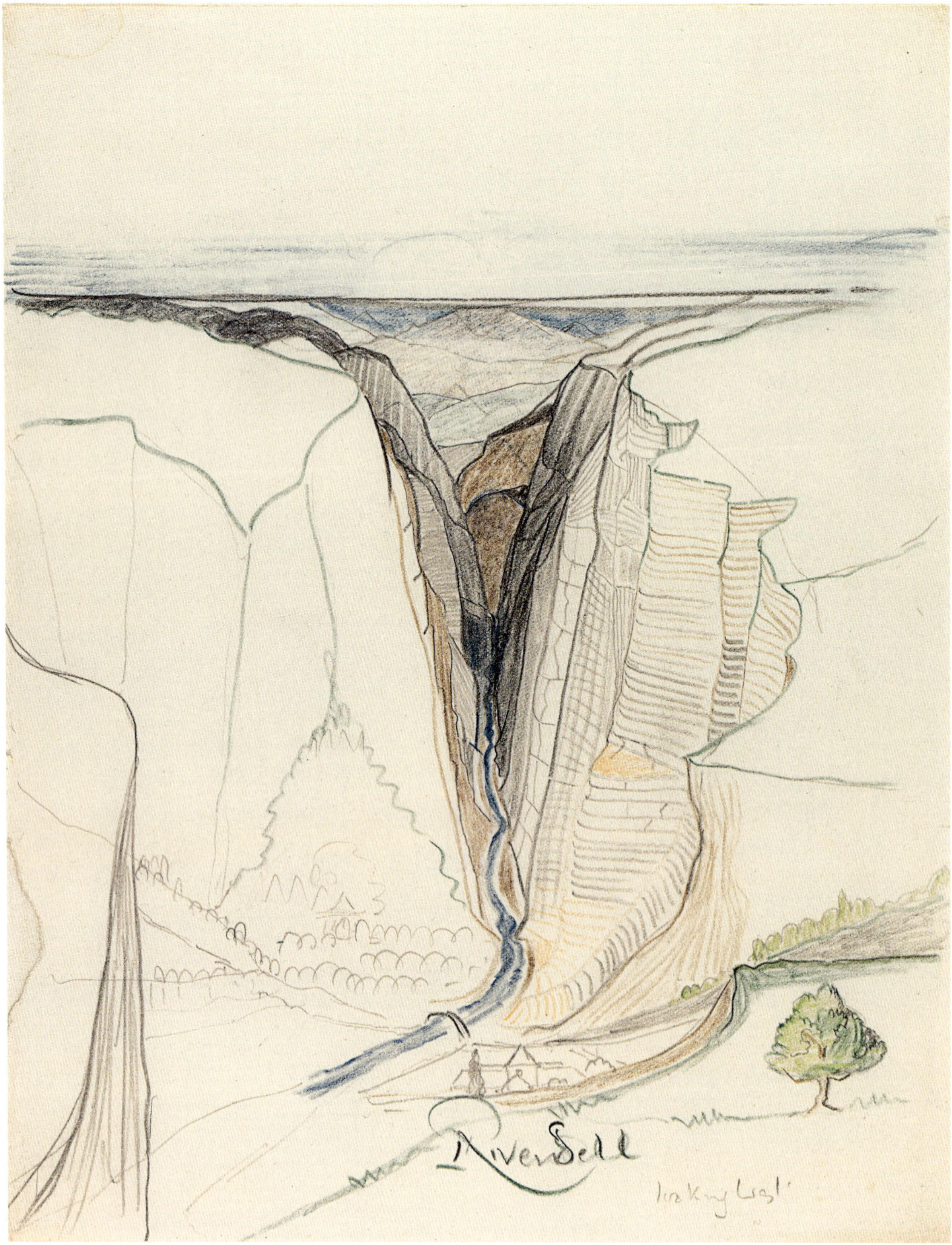
Rivendell
looking West

20 「東からみたさけ谷」

18　さけ谷のエルロンドの屋敷と橋

19　エルロンドの屋敷

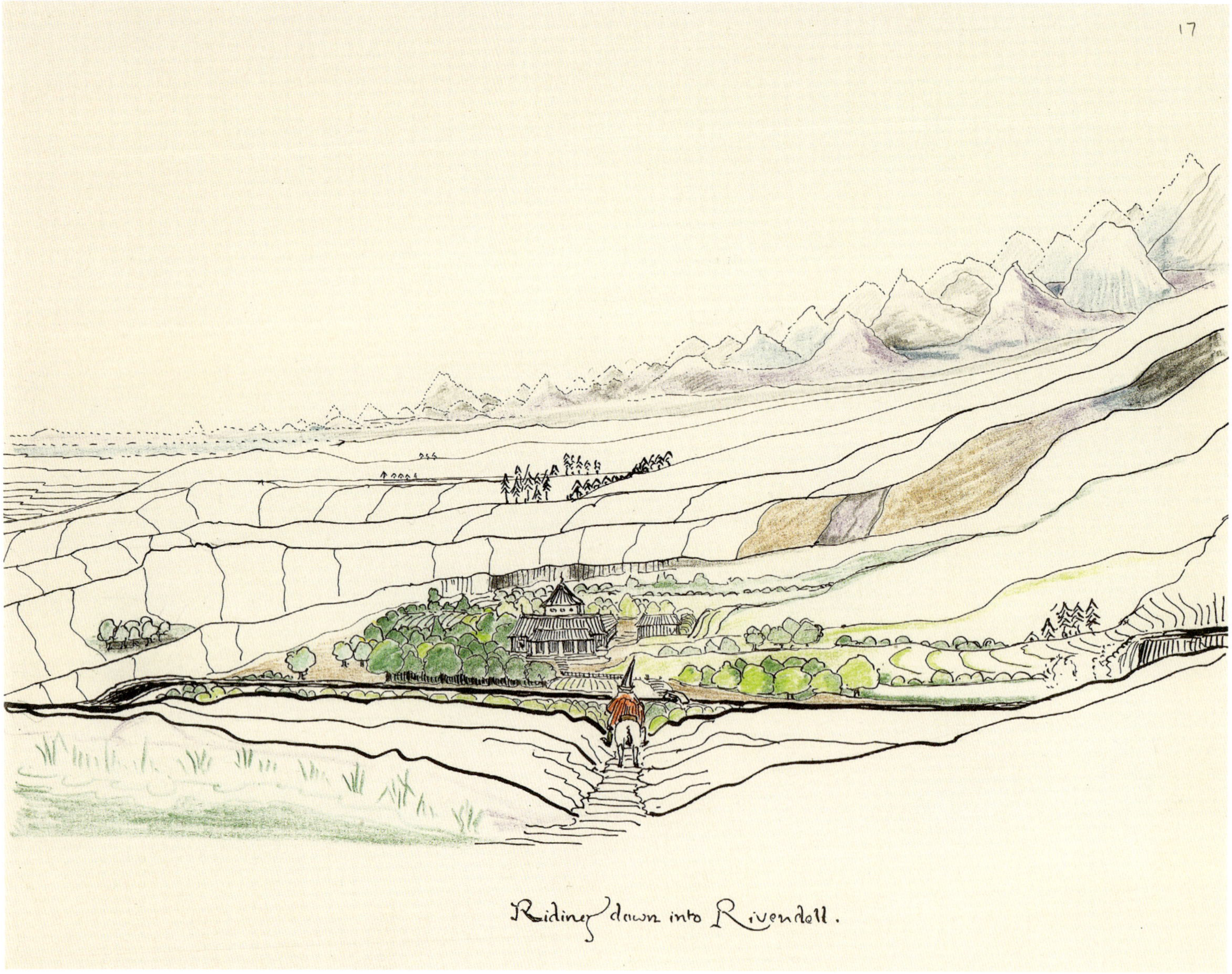

17 「さけ谷へおりていく」

23 「さけ谷」

21 「西からみたさけ谷」

22 「さけ谷」

「さけ谷」(図版 22) でも、そびえた岩壁の印象が圧倒的で、谷の向こう側の景色はすばらしいが、屋敷自体はほとんど隠れている。この絵は、「さけ谷」(図版 23) のための試し描きだったのかもしれない。これも、アメリカの出版社のために描いた水彩画のうちの1枚である。この絵で、トールキンは谷と屋敷のイメージをより洗練させ、構図も改善した。中央に、タイトルの〈さけ谷〉がレタリングされ、その上に川と橋、崖の間のすきま、そして遠景の高山が描かれている。また、それまでの絵では描かれていなかったカバの木、丘をおりてくる長い石段、黄色と白の花が咲き乱れる一帯、橋の西側の滝などが描きくわえられている。下の装飾的なタイトルボックスには、急流にひっかけて水のモチーフがアレンジされている。

『ホビット』を読む場合には、〈最後のくつろぎの家〉について大きな屋敷を想像するか、小さな家を想像するかは、それぞれの読者にまかされている。テクストそのものに詳細な描写はないし、トールキンの描いた絵にしても、木立のうしろに隠れている部分があるかもしれないのである。『指輪物語』に描かれたエルロンドの家は、そうとう大きな屋敷のように見える。廊下や部屋が多数あり、「屋敷の東側のポーチ」では、サムとフロドが仲間たちに出会い、「エルロンドの作戦会議」が行われるほどなのだから。『指輪物語』の最初の草稿では、このポーチは西向きだと書かれている。これは絵に描いた西向きのポルティコを意識してのことだろう。フロドの部屋は南向きで、目の前の峡谷のむこうに「鋭角に生えのぼっている森」(第2巻、第2章) が見え、フロドが「ごうごうと流れるブルイネン川を見下ろす露台を」そぞろ歩き、「遠くの山々から、蒼白く冷えた太陽がのぼってくる」のを見つめるという場面を読んでも、〈さけ谷〉の絵が目に浮かんでくる。フロドのわきにはサムもいて、「〈東〉の大きな山々を時々ちらちらと見ている」(第2巻、第2章)。

トールキン自身、1911 年にスイス旅行をした際に、巨大な山々や渓谷を歩いたことがあった。この経験が『ホビット』に反映しているとトールキンは述べており、イラストに描かれている高い峰々が、スイス・アルプスをモデルにしていることはまちがいない。研究者のマリー・バーンフィールドが示したように、トールキンの〈さけ谷〉の絵は、スイスのラウターブルンネンの谷、ラウターブルンネンタルに拠るところが大きいことは、ほぼ確実といえよう。とくに、細く深い谷で、切り立った石灰石の崖があり、ヴァイセ・リュッチネ川が貫いているといった特徴が、〈さけ谷〉にそっくりなのである。この水彩画、およびその他の〈さけ谷〉の絵は、トールキンの『ホビット』以前の絵とも共通点をもっている。たとえば、細い橋のかかっているナルゴスロンドの絵 (図版 55) がその例である。

トロールの地図

「トロールの地図」の最初のスケッチは、わずか6ページだけが残っている『ホビット』の最初期の草稿の1枚に描かれている（図版24）。厳密にいうなら、これが描かれた段階では、「フィンブルファンビの地図」だった。この段階では、トロールはそう呼ばれていたのである。*The Annotated Hobbit* の著者ダグラス・A・アンダーソンが、東西南北のそれぞれに記されてあるシンボルを特定している。北は〈おおぐま座〉、南は〈太陽〉、東は（おそらく「シルマリル物語」に由来する）〈朝の門〉、西は〈ヴァリノールの山々〉だという。気味のわるい手の印の下に書かれているルーン文字は、「FANG（ヒゲ）、ドワーフたちの秘密の通路」と読める。その下には、目に見えるルーン文字と、隠れている「ムーン［月］文字」の下書きと、改訂バージョンが書かれている。これらはこの地図の後のバージョンに用いられることになる（公刊版では、「高さ5フィートの扉、3人の者が並んで歩ける」にトロールとトラインのイニシャルがついているものと、「ツグミがコツコツとノックする時、灰色の石のそばに立つべし。さすれば、ドゥーリンの日の暮れゆく最後の光が鍵穴を照らすであろう」である）。山のそばにはルーン文字の‘F’（‘Fang’［ヒゲ］の頭文字とみるのが妥当であろう）があり、秘密扉の場所を示している。‘FG’は‘Front Gate’［おもて門］。ドワーフの第1キャンプ（第11章）は、南尾根のすぐ西にうすいインクで記されている。もっと下の右側に、〈はなれ山〉のスケッチがある。これは図版87の線画に似ている。

次の「トロールの地図。B・バギンズによる複写」（図版25）を見ると、上部にトールキンの鉛筆書きの文字が見えるが、これは見えているルーン文字を、トールキンの創造したノルドリン語に翻訳したものである。下にある鉛筆書きは、同じ文面を古英語の文字で記したものだ。東西南北をしめす印は、単純にN、E、S、Wに該当するルーン文字である。秘密扉はルーン文字の‘D’で示されている。左下のタイトル文字から、この地図は「模造品」、すなわち「ホンモノ」のドワーフの地図をビルボがコピーしたものであるという体裁にしようとしていたことが分かる。トールキンは地図をこのような形で、『ホビット』の第1章ではじめて地図の話が出るところか、第3章で地図が吟味されるところに挿入したいと思っていた。公刊版のようにドラゴンが山の横にあるのではなく、赤インクで山の上に記されているという点をふくめて、第1章で説明されている「〈山〉の見取り図」に、これのほうが合致している。「秘密の」ムーン文字は紙の裏側に書かれており（図版30参照）、読者に紙を光にすかして読んでもらって、エルロンドが文字を読んだときの状況をシミュレートしようという趣向だった。

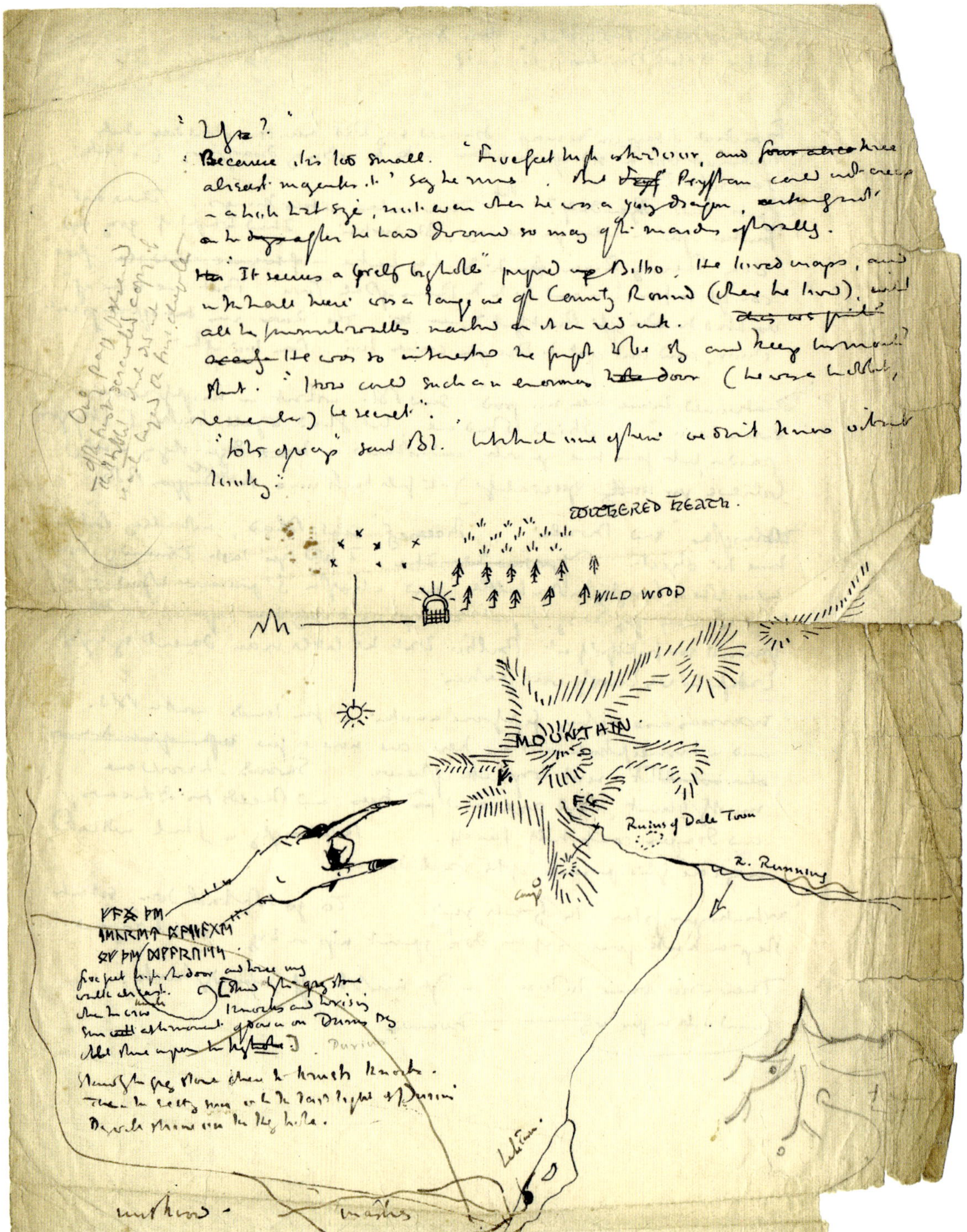

24　第１章の初期の草稿（「トロールの地図」のスケッチが入っている）

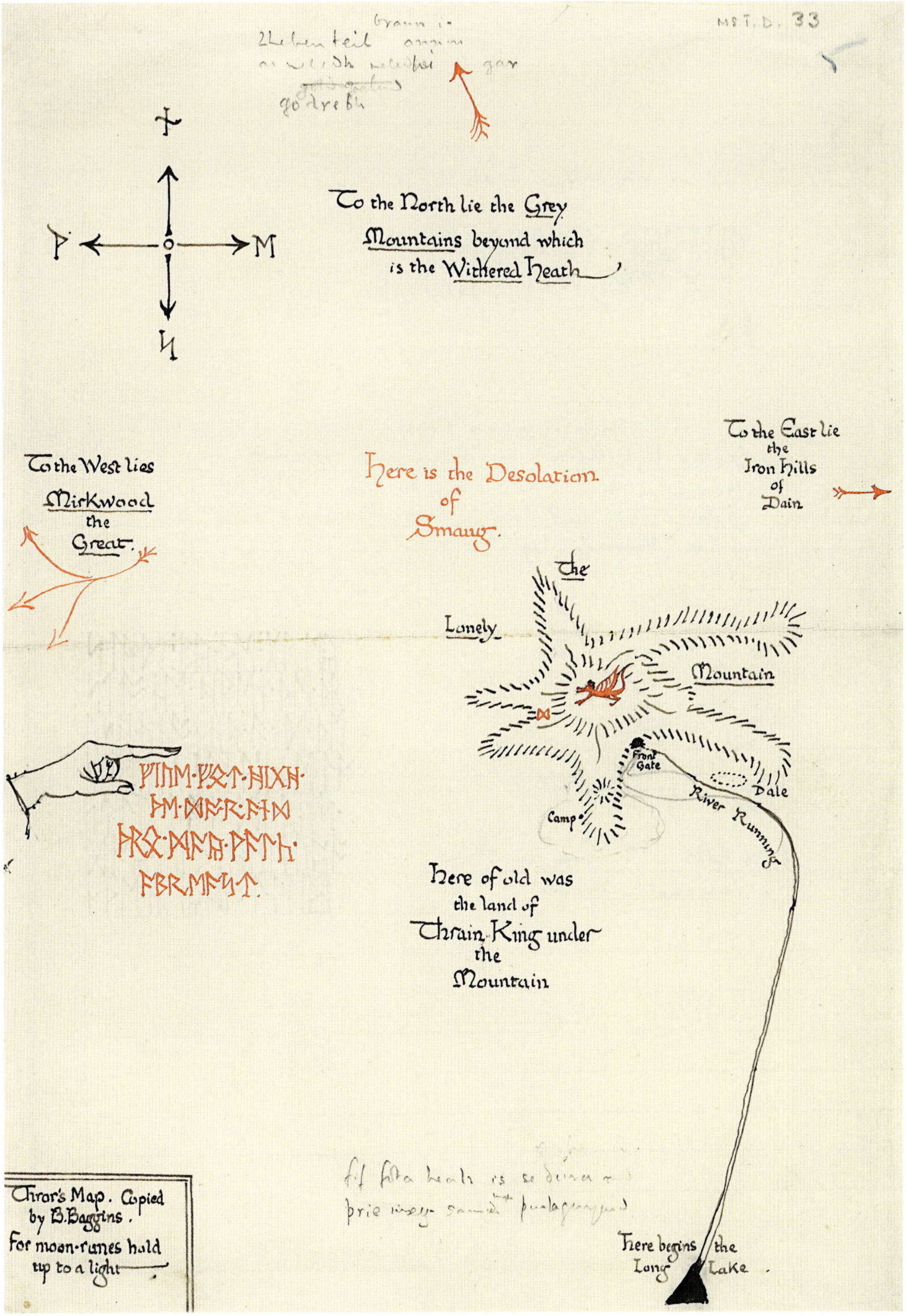

25 「トロールの地図。B・バギンズによる複写」

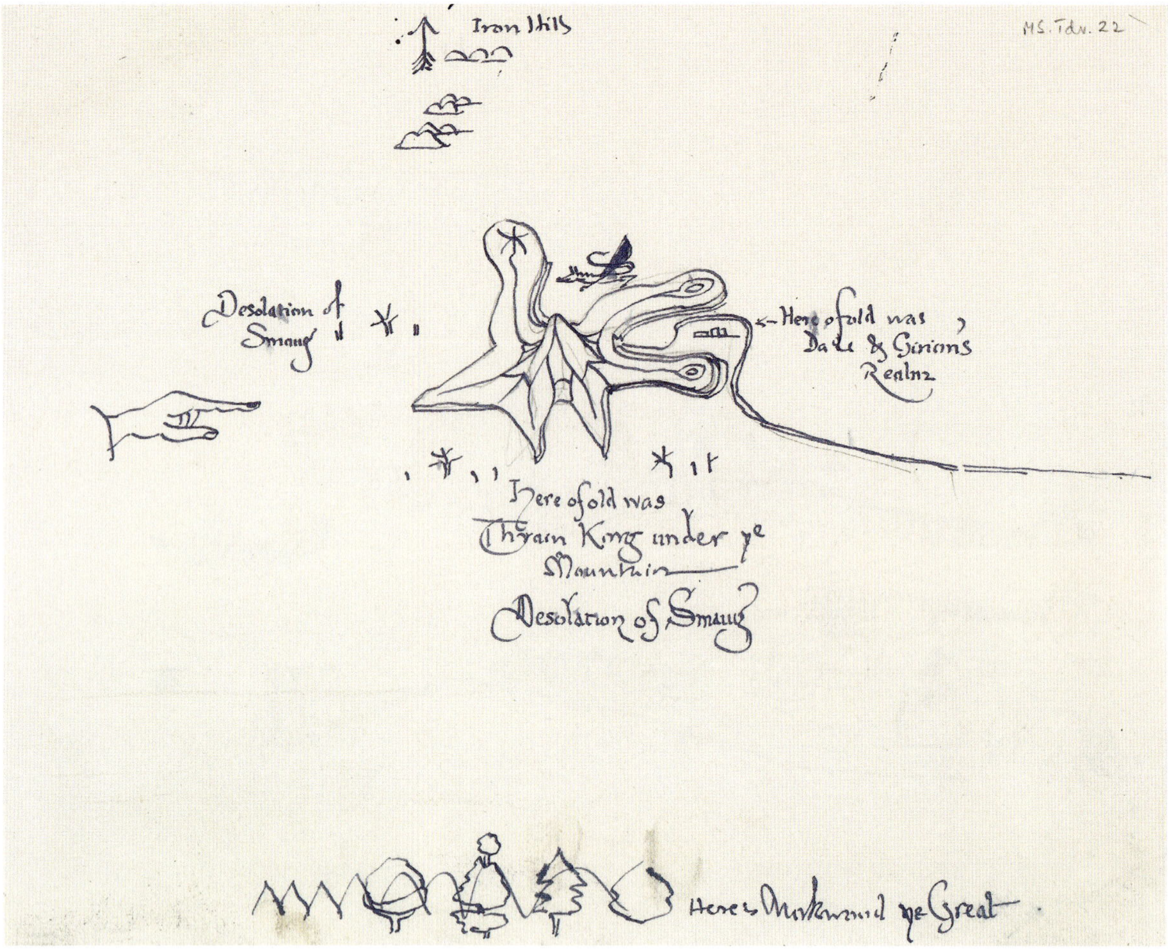

26　「トロールの地図」のスケッチ

27　ドラゴンと戦士

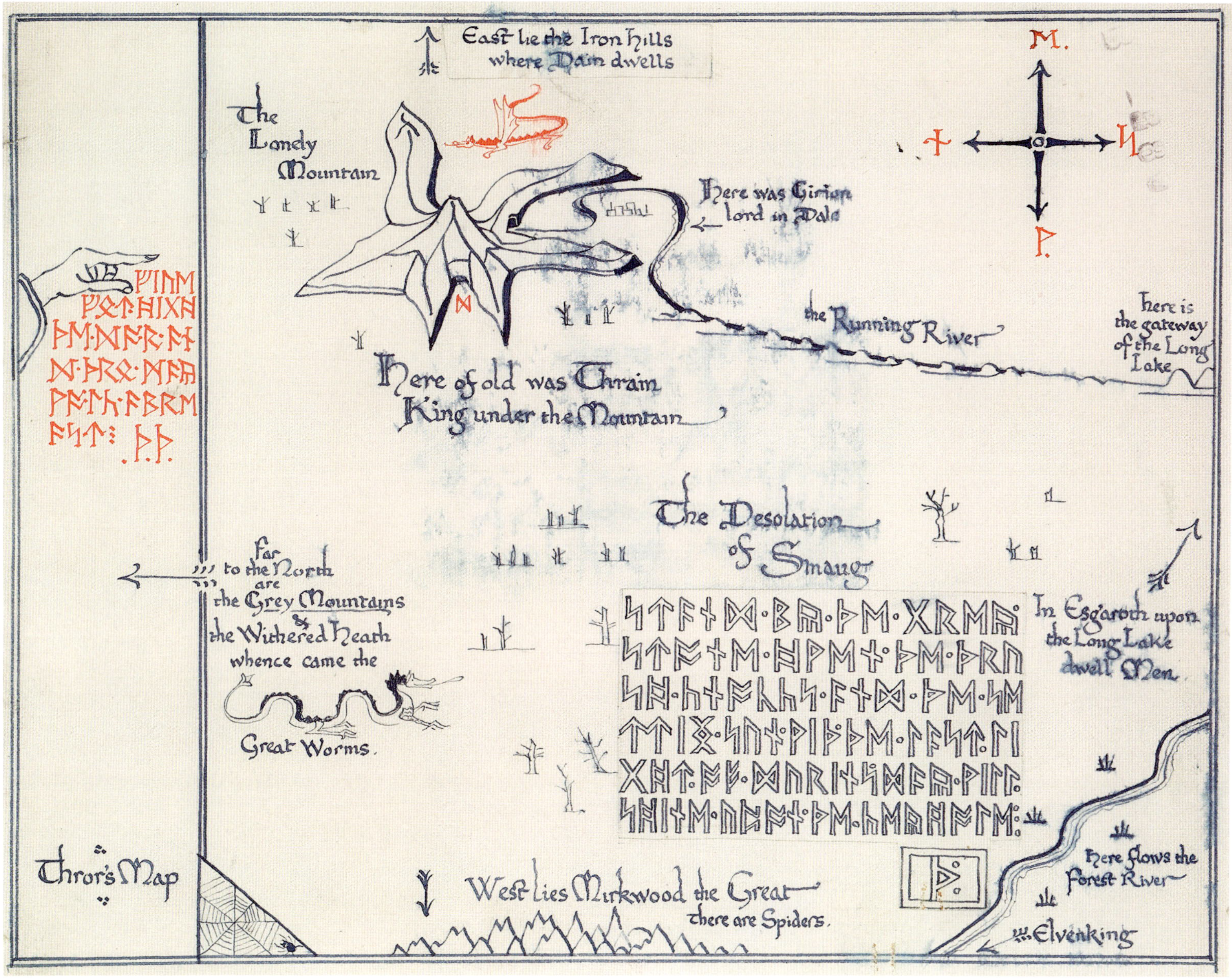

28 「トロールの地図」の最終バージョン（トールキンによる変更を含む）

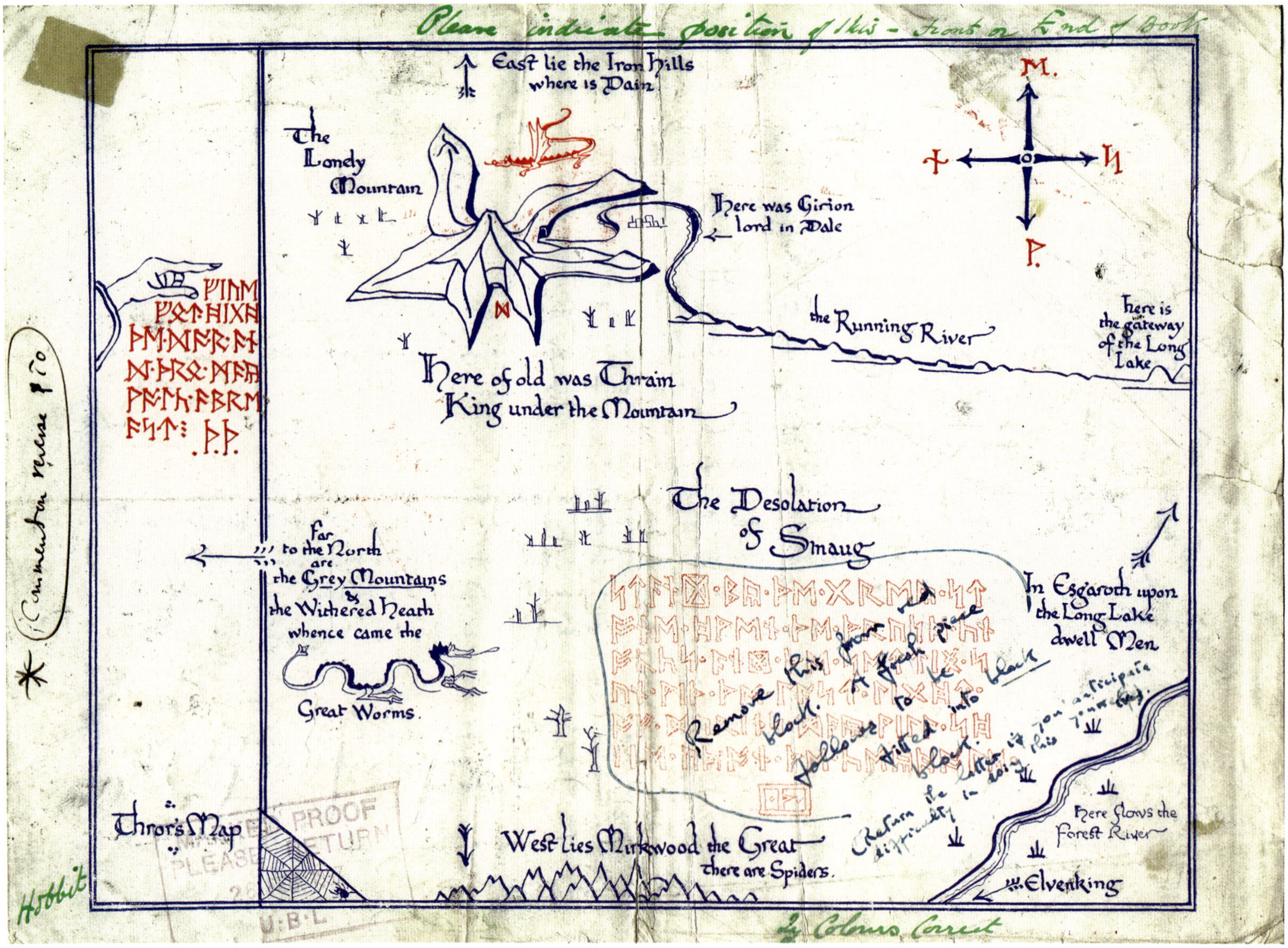

29 「トロールの地図」の校正刷り

ところが、コストの都合で、「トロールの地図」は見返しに載せ、ムーン文字は表側に印刷せざるをえなくなった（裏が糊づけされるのでこれはいたしかたなかった）。トールキンは新たなバージョンのために、少なくとも1枚のスケッチを描いた。大きな変更点としては、川が〈谷〉をめぐっている部分のカーブを大きくし、〈ドラゴンのあらし野〉という地名を2か所に書いてあるところである（図版26）。最終バージョン（図版28）では、東を上にもってきた。図を90度回転させた結果そうなったのだが、中世の地図ではこれがふつうだった。事実、「トロールの地図」は素朴な絵とレタリングで描かれているので、中世の地図に似ているのである（『ホビット』1966年版への序文では、東を上にするのは「ドワーフの地図ではふつうのことだ」と説明されている）。左下の「大きなドラゴン」のために、『ホビット』とは無関係に描いてあったドラゴンの絵をもってきた（図版27）。「ムーン文字」が消えたり浮かんだりするものであることを示すため、（図版29の校正刷りのように）うすい赤で印刷してはどうかと、アレン&アンウィン社から提案があったが、赤ではなく黒で、色なしの袋文字にしたいとトールキンは回答した。さらに、ムーン文字を新たに描きなおしたものと差しかえ、上の文字を「東方に〈くろがねの丘〉があり、ダインが住んでいる（Dain dwells）」に改訂したいといって、そのために、新たなレタリングを原版に貼りつけた。しかしアレン&アンウィン社ではこの変更を、公刊版に反映させることができず、いまでも、古いバージョンのムーン文字と、「東方に〈くろがねの丘〉があり、ダインがいる（is Dain）」が残ったままだ。

『ホビット』では、ドワーフのルーン文字は、アングロ・サクソン時代の（古英語の）ルーン文字で表されている。図版30の右下のルーン文字は、「トロールの地図。B・バギンズによる複写」を描いた紙の裏側に書かれたもので、本文のムーン文字の鏡像バージョンである。トールキンは最終バージョンを描くときこの地図を参照し、おそらくそれと同じ時に、現代英語の本文にくわえて、ムーン文字の秘密メッセージのノルドリン語、古ノルド語、古英語へのおおよその翻訳をラフに記したのだろう。紙の上辺の近くに、目に見えているルーン文字の本文も記されているが、イギリスのルーン文字ではなく、トールキン自身が手を加えたルーン文字のアルファベットで書かれている。

トールキンの遺稿の中には、〈ムーン文字〉のメッセージの描かれたものが、いくつか残されている。普通文字のものも、袋文字のものもあり（図版31、32）、そのままのものと、鏡像バージョンがある。ルーン文字の 'TH' は「トロール」のイニシャルである。公刊版の地図で用いられたルーン文字（図版33）は、最終バージョン（図版28）の裏にトールキンによって描かれ、アレン&アンウィン社によって、それだけ別に線画凸版にされた。なんらかの時点で「トロールの地図」は湿気を吸ってしまい、一部のインクがにじんでしまった。

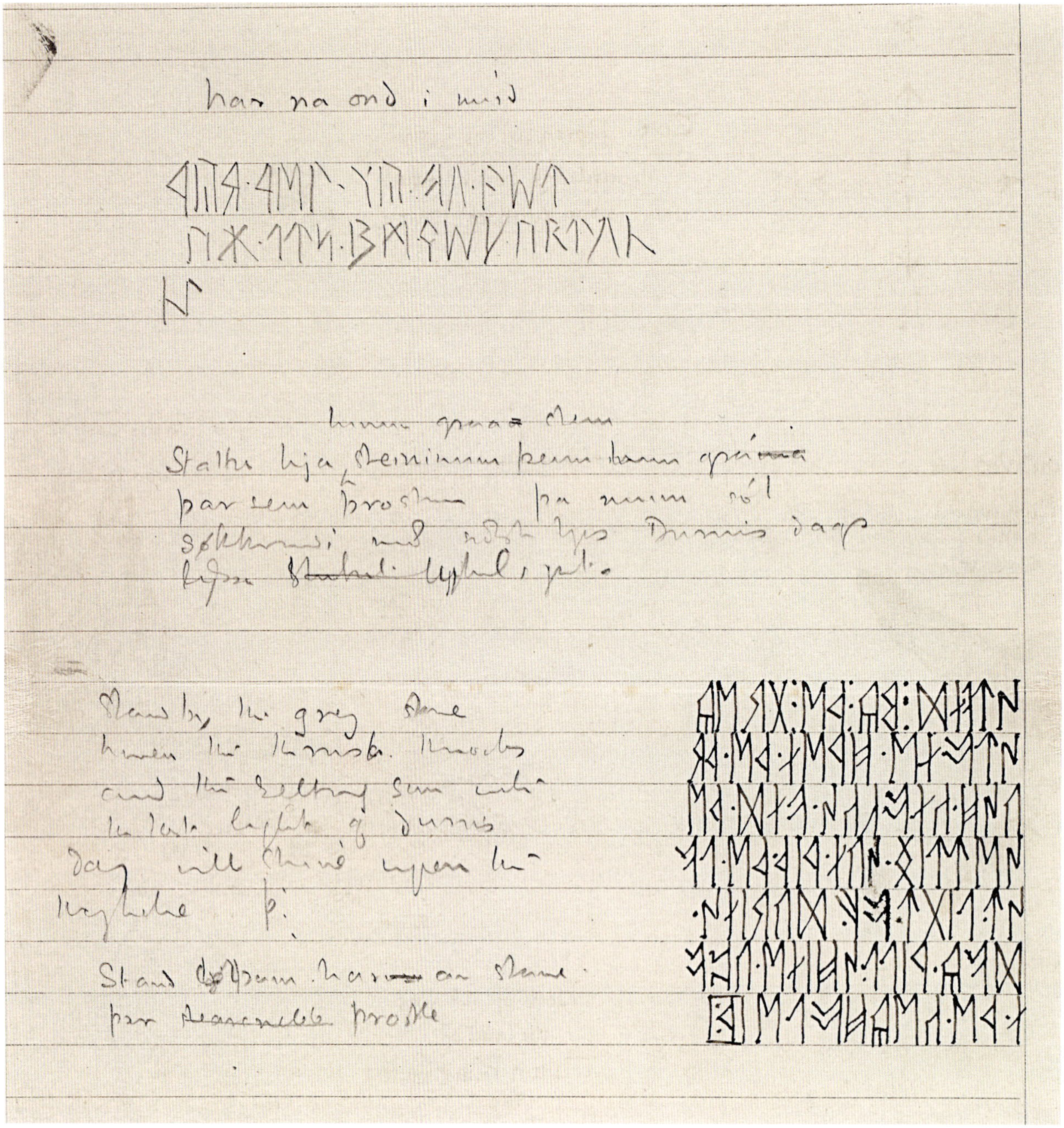

30　ムーン文字のスケッチ

31, 32　ムーン文字の鏡像バージョン

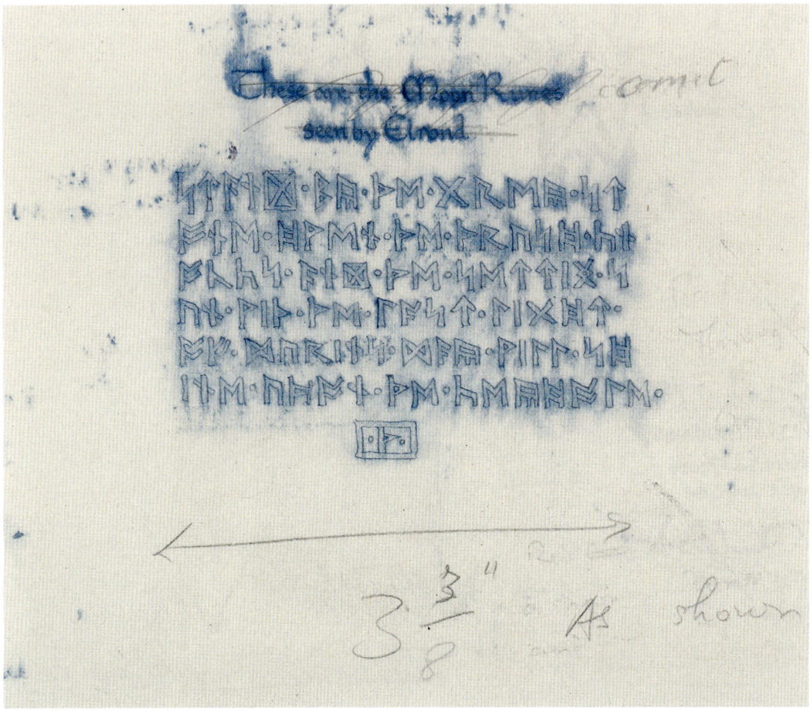

33　「これがエルロンドの見たムーン文字」

34 「山道」

霧の山脈

〈最後のくつろぎの家〉をあとにしたビルボたちの一行は、「寂しい峰や谷が延々とつらなっているこの山脈」（第4章）を越え、そして下にもぐっていった。トールキンは『ホビット』のために、この山の情景を何枚も描いている。〈霧の山脈〉のモデルは、〈さけ谷〉と同じようにスイス・アルプスである。はるか後になって記しているように、「ホビット［ビルボ］が〈さけ谷〉から〈霧の山脈〉の向こう側へとぬける旅は——地すべりにのって松林に突入するのを含めて—— 1911年のわたし自身の冒険に基づいている」のである。スイスで出会った雷あらしは第4章の「嵐と嵐の壮絶な戦い」を描くのに参考になったことだろう。それを描いたのが、「山道」（図版34）である。「峰のいただきで稲光が炸裂すると、岩山がふるえ、グシャーンという轟音《ごうおん》が空気をつんざきます。それとともに、無数の音の破片がまるで岩のように空中に投げだされ、ごろごろ転がり、はね上がっては宙がえりしながら落下し、谷底のありとあらゆる窪《くぼ》みやほら穴を満たすのです。暗黒の空間は、すさまじい破裂音《はれつおん》とまばゆいばかりの光に満たされます」

『ホビット』の挿絵を描く以前に、トールキンはすでに「シルマリル物語」との関連で、壮大な山景を手がけていた。とくにすばらしいのが、「マンウェの館」（一般に「タニクエティル」として知られているもの）である（『トールキンによる「指輪物語」の図像世界《イメージ》』の図版52参照）。世界最大の山がテーマになっているこの作品に描かれている岩山の峰々の輪郭は、少し後に描かれたタイトルのない山景（図版36）によく似ている。これもスイスの風景を思い出しながら描いたものだろう。細い道がチューリップのような形の木々の前をとおり、高くけわしい山のふもとのマツ林をぬけている。画家としてのトールキンはいわば倹約家であり、ある作品の一部を他の作品に用いるということが時々あった。この山のイメージも、「東から見た霧の山脈、ワシの巣からゴブリンの門へ」（図版37）にリサイクルされている。これはインクによる線画で、山の輪郭、様式化された木々の姿がそっくりである。

公刊版の挿絵のために、トールキンはこの絵を描きなおして、木々や山の輪郭を自然なものにした。「東から見た霧の山脈、ワシの巣からゴブリンの門へ」（図版38）は、直前の絵と同じように、第6章でビルボ、ガンダルフ、ドワーフたちがワシによって運ばれていく「山腹につき出た、大きな岩棚」から眺めた鳥瞰図である。ビルボがゴブリンの洞窟から逃げ出す門が、影のかかった半円形で示されている。横長の作品だが、初版では本の縦横に合わせるため、かなり縮小されたかたちで載せられた。

35 「霧の山脈」

36 山の風景

37　「東から見た霧の山脈、ワシの巣からゴブリンの門へ」

The Misty Mountains looking West from the
Eyrie towards Goblin Gate

38 「東から見た霧の山脈、ワシの巣からゴブリンの門へ」

39「ビルボ、早朝の日ざしがまぶしくて目がさめる」

40 「ワシの巣」

「ビルボ、早朝の日ざしがまぶしくて目がさめる」(図版39) は、ビルボがゴブリンとワーグたちから救出された翌朝の場面である。金色の日ざしが地面を輝かせているいっぽうで、「谷や窪地《くぼち》には霧がかかり、そこここで、とがった山頂や峰のまわりを、棉《わた》のようにとりまいています」(第7章)。立っているワシがいかにとてつもなく大きいかは、ビルボと比べてみれば分かる。トールキンがアメリカの出版社に述べたところでは、ビルボは「背丈が3フィートないしは3フィート6インチくらい[約90～105センチ]」だろうということだが、トールキンはビルボをいつも正確な縮尺で描いていたわけではない。大ワシは様式化され、ほとんど金属っぽい羽根で覆われているが、これはリルフォード卿の『ブリテンの島々の鳥』(1891年) のためにアレグザンダー・ソーバーンが描いた、まだ成鳥ではないイヌワシの絵をもとにしている。

「ビルボ、早朝の日ざしがまぶしくて目がさめる」でおかしいのは、ビルボが黒いブーツをはいていることだ。物語の本文には、そんなものを手に入れたとはどこにも書かれていない。「書いてあったはずだ」とトールキンは述べている。「何度も修正するうち、どこかで抜けおちてしまったのだろう。〈さけ谷〉でビルボにブーツをはかせたが、帰り道で〈さけ谷〉から出るときには、またもやブーツなしになっている。だが、足の裏がなめし革のようで、足の甲にきれいに梳《す》いたふさふさの毛が生えているのがホビットのホビットたるところなのだから、じつはブーツなしの登場がふさわしい。いくつかのエピソードの特別なイラストは別だが」と。

トールキンのおおまかなスケッチ (図版40) は、第7章のワシの飛行を表現しているようだ。客人たちを〈霧の山脈〉の巣から、〈あれ野〉を流れる〈おお川〉の近くの土地にまで運んでいこうとするところだ。「地上がぐんと近くにせまって見えます。いま飛んでいるところの真下は、広大な草地です。カシやニレとおぼしき木立があちこちに点在し、また、一本の川が平原を横切っています。しかしこの水の流れを押しとどめようとでもするかのように、巨岩がもっこりと地面から生えています。川はそのまわりを蛇行して流れているのですが、見るからに大きなこの巨岩――まるで小山といってよいほどで…」。ビヨンが「キャロック」と呼ぶ〝大きな岩〟は、中ほどの右側に描かれている。'Eagles Eyrie, Eagles Flight, Gandalf at Door' (ワシの巣、ワシの飛行、ドアのところのガンダルフ) と書かれているが、この最後の部分は、この紙の裏側に描かれている「ガンダルフ」のイラスト (図版3) のことを指している。

これらのテーマによるイラストと結びついているのが、早い時期に描かれた水彩画、「霧の山脈」(図版35) である。タイトルは「霧の山脈」となっているが、『ホビット』に登場する〈霧の山脈〉のイラストではなく、アルプスを思い出して描いたものだろう。この絵にも、トールキンのヴィジュアル作品によく出てくるモチーフが表現されている。すなわち、遠くの、想像上の場所に通じている道 (あるいは小径) である。

ビヨンの広間

ビヨンの屋敷の中をテーマにした作品は、広間が描かれたものばかりだ。造りとしては古代スカンディナヴィア、もしくはゲルマン人が建てたような広間に似ており、木造で中央に囲炉《いろ》裏《り》の穴が掘られてある。囲炉裏の煙は上にあがってゆき、屋根にあけた穴、もしくはよろい戸から出ていく。昼間は明かり取りの役割をもはたす。『ホビット』の第7章、ビルボとガンダルフがビヨンのあとについて中に入ると、「そこは大きな広間となっていました。まん中には囲炉裏《いろり》があって、夏だというのに薪《まき》が燃えており、その煙が、まっ黒になった梁のところまで立ちのぼっていきます。真上にあいた天井の穴から、外にのがれようというわけです」。このあと案内されるベランダも同じだが、この広間の木の柱は「一本の樹の幹」でできており、上のほうには、枝の模様が装飾的に描かれている。

「ビヨンの屋敷のいろりの火」（図版41）は、トールキンの友人で同僚だったE・V・ゴードンが自著『古代スカンディナヴィア語入門』（1927）につけたイラストに似ている。これは偶然のことではないだろう（ただし、ゴードンのイラストはオリジナルのものではなく、さらに古い文献から借用している）。トールキンの作品では、柱は円い基礎の上に立っていて、いろりの側《そば》には、低いテーブルもしくはベンチがあるだけだ。「ビヨンの屋敷のいろりの火」では、ほんの少量の赤インクが用いられているため、炎と、炎が投げかける光がきわだち、とても効果的だ。これがなければ、黒い線とマスのために重く沈みこんで、閉所恐怖を感じさせかねない印象になるだろう。

トールキンは、公刊版の『ホビット』のために、もっとていねいに線を描いたイラストを新たに作成した。最初に描いたのは、タイトルのないスケッチ（図版42）である。「ビヨンの屋敷のいろりの火」と同じような構図を考えて、透視画法の補助線を引いている。同じ紙の反対側に描かれた次のスケッチ（図版43）では、視点が左にずらされ、「ビヨンの屋敷のいろりの火」に描かれているような水平方向の支柱がない。左側の2番目の柱のうしろに、1人か2人、人物を描きかけているようだ。

完成版の「ビヨンの広間」（図版44）では、部屋の天井が高くなり、もっとゆったりとした空間になっている。屋根の煙穴と奥のドアが見え、いろりのための溝も短く、部屋いっぱいの長さにはなっていない。テーブルのわきには、ビヨンの小馬［ポニー］たちが持ってきてくれた「丸太を輪切りにした、円筒形の椅子」があり、「なめらかに削り、ぴかぴかに磨かれてあります。そして、ビルボにもちょうどよいくらいの低さです」。火の明かりは、中央の柱と床にインクの線がないことによって表現されている。

41 「ビヨンの屋敷のいろりの火」

42 「ビヨンの広間」のためのスケッチ

43 「ビヨンの広間」のためのスケッチ

44 「ビヨンの広間」

闇の森

『ホビット』の草稿を書き進めている途中で、トールキンは筆をおいて、〈霧の山脈〉と〈あれ野〉の〈おお川〉(『指輪物語』ではアンドゥイン)の上流の部分の地図をスケッチした。メドヴェド(この段階ではビヨンはこう呼ばれていた)が、自分の家を出たあとでどの道を行けばよいか、ビルボの一行にアドバイスしている場面である。「ゴブリンどもはキャロックのところで川を渡る勇気なんぞないし、私の家に近づくなんぞできやしない。――夜の防御は完璧だからね! だが川は北にむいて森のほうへと曲がっているし、山脈も同じだから…」、一行は「東側の[メドヴェドの屋敷の]高い生け垣の小さな門を出て」、(草稿のこの後の部分では)北東へと進み、森の道の入口へと達することになっている。

地図のスケッチ(図版45)には、重要な地点が記されている。左手、〈霧の山脈〉の西側には、第4章で一行がたどった道が記されている。山脈の東側には、「ゴブリンの門」、「ワーグ」、「マツ林」の文字がある。右手には、〈おお川〉のキャロック、メドヴェドの家、〈闇の森〉が記されている。キャロックから森のへりまで波線が引かれているが、おそらく「メドヴェド」からのつもりだったのだろう。物語のなかで一行が出発するのは、そこからなのだから。それはともかく、道は草稿にあるように、北東の方向に向かって描かれている。

しかしトールキンはこの部分を改訂し、ビルボ、ガンダルフ、ドワーフたちは、ビヨンの「屋敷の東側をかこっている、背の高い生け垣に別れを告げる」と、「ついで北西を目指しました。かれらはビヨンのアドバイスを守っているので、もはやビヨンの土地よりも南にある、〈闇の森〉の古道を目標にしては」おらず、「キャロックから真北にむかって数日馬を進め…森の入口にいたり…ここから森に入ると、あまり知られていない小径《こみち》が〈闇の森〉をうがって、ほぼまっすぐに〈はなれ山〉のほうへと向かっているというのです」(第7章)ということになる。このような変更を念頭に、トールキンはスケッチをもとに、インクと色鉛筆で、新たに地図を描いた(図版46)。南側にある点線は、山道から続いている「古道」を示している。この道は浅瀬を渡り、東へ進み、森の古道へとつながっている。いっぽう、ビヨンの屋敷から見て北西方向に、「エルフの道」に入っていく「森の門」がある。

トールキンの当初の心づもりでは、公刊版の『ホビット』に5枚の地図を含めようと考えていたが、これはそのうちの1枚である。線画凸版にうまくのるよう、黒インクだけで描きなおすよう求められた。最終的には、この意図は放棄された。けれども、ここに記されている細目はすべて『ホビット』の巻末の見返しに印刷されている〈あれ野〉の地図に含まれている。

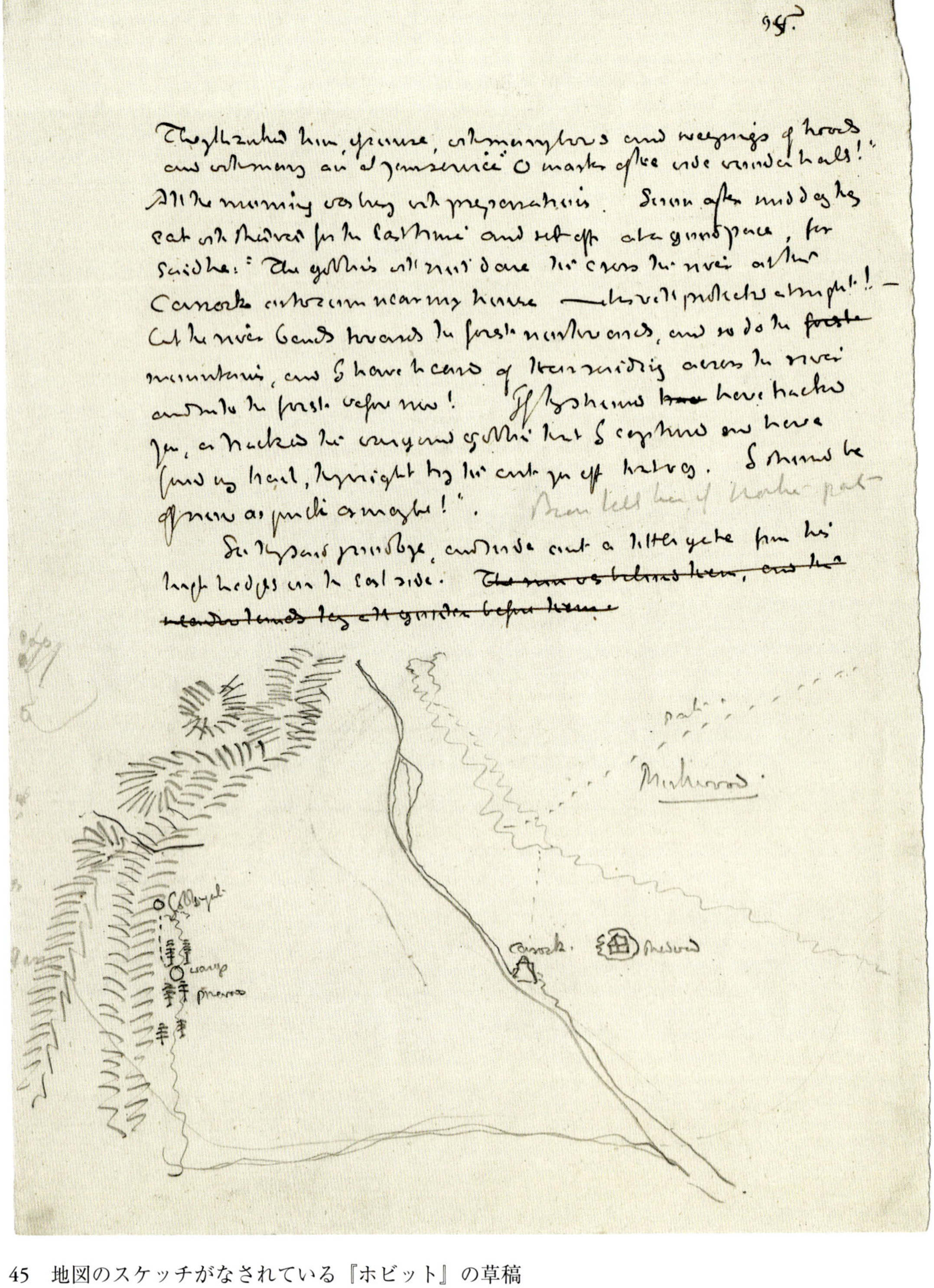

45　地図のスケッチがなされている『ホビット』の草稿

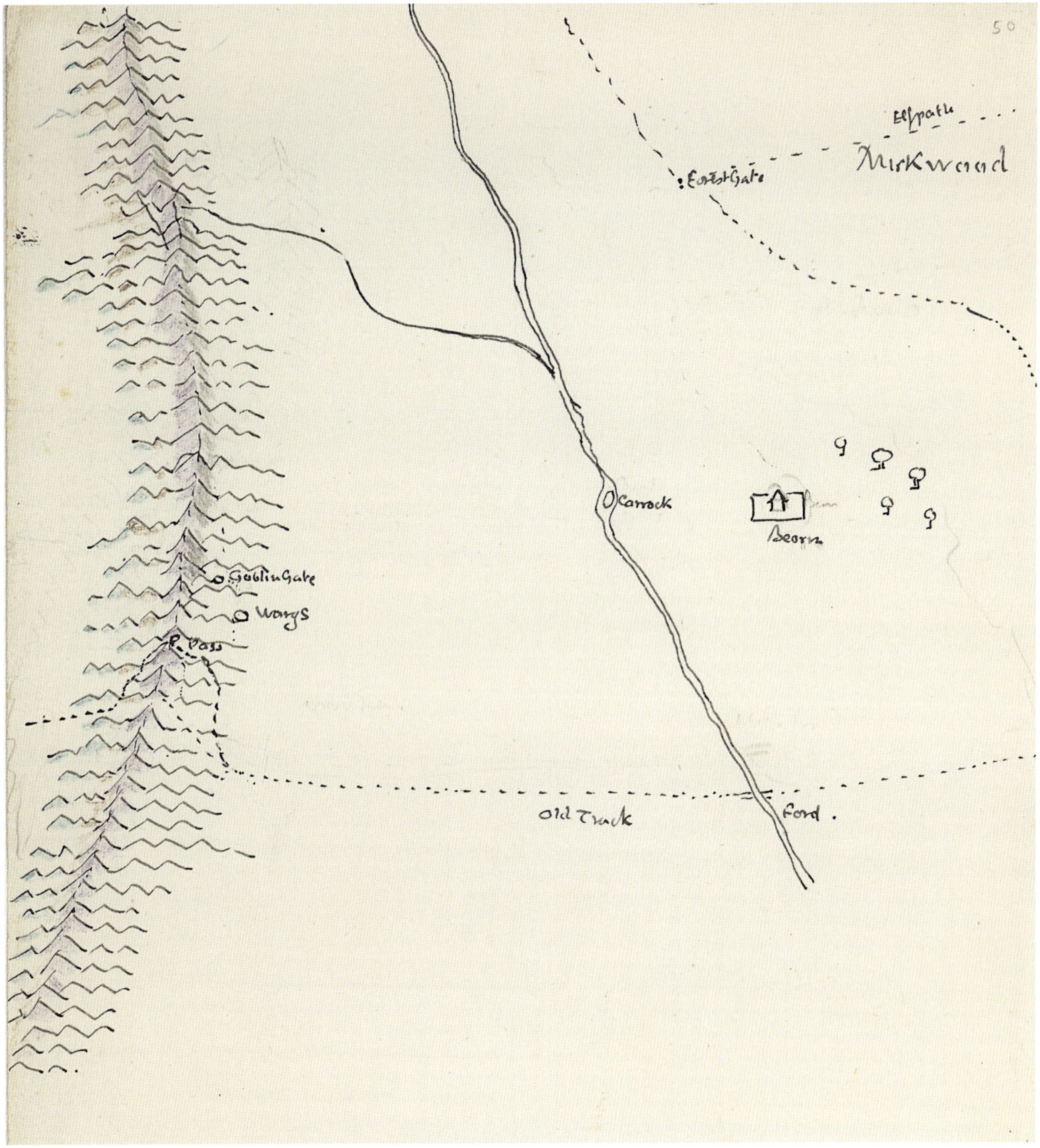

46　霧の山脈とおお川の上流が描かれている地図の改訂バージョン

トールキンは『ホビット』公刊版のためのイラストをはじめて提供したとき、「見返しでも、口絵でも、何でもけっこうです」と述べた。なかでも、このときそうとは言わなかったが、巻頭の見返しとして、アレン＆アンウィン社が提案したように「トロールの地図」ではなく、「闇の森」（図版47）を用いることを願っていた。「闇の森」は〝家庭内写本〟のイラストに含まれていたとトールキンは述べているが、その理由については触れていない。少なくとも、荒れ地の中の暗く危険な場所に踏み込んでいこうとする冒険の、雰囲気を盛り上げる役割をはたしていたとはいえよう。これは、北欧の文化的記憶の中に生きている古代の森――すなわち、自然が恐怖と神秘をかきたてる一面、飼い慣らされていない野生の一面がもっともあらわに出ている姿――をトールキンが表現した、数多くの作品の中の一枚でもある。『ホビット』の第８章、ビルボはなじみのない生き物に気づき、「何者かがモゴモゴとつぶやいたり、ゴソゴソ、ガサガサと動きまわったりする奇妙な音」を聞く。まもなく、ビルボも、仲間たちも、「お日さまや青空を一目見たいと恋いこがれ、さわやかな風を頬《ほお》に感じたいと希《ねが》いに希《ねが》って、気が狂いそうになりましたが、それでも、ただひたすら道を続けるしかありません。森の屋根の下では空気はまったく動くことなく、息のつまりそうな永遠の静寂と暗闇にとざされています」

「闇の森」の土台となったのは、「シルマリル物語」のために描かれた、彩色を施した線画「タウア＝ヌ＝フイン」（図版48）である。これはトゥーリン・トゥランバールの物語のイラストだ。『失われし物語』では、タウアフイン（「闇の森」の初期の名前。「夜の森」を意味する）のことが、「暗く危険な地域で、巨大に育ったマツが密に生えているので、道が分かるのはゴブリンのみ」と記されている。『ホビット』の〈闇の森〉は、大きな「シルマリルの」森そのものではないにしても、それと重なり合っているので、トールキンは、どちらにも、ほとんど同じイメージを用いることができた。そして『ホビット』バージョンでは、エルフを除き、きのことクモを描きくわえた。そして後日、「ファンゴルンの森」というタイトルがくわえられた。必要なときには、『指輪物語』のイラストとしても使えるようにと思ったのだろう。

トールキンはインクのウォッシュで、「闇の森」のうす暗さを表現しようとしたが、アレン＆アンウィン社は（線画として写真にとると、灰色の部分が黒か白になってしまうので）網目版印刷にして挿入した。ありがたいことに、コストがかかるにもかかわらず、アレン＆アンウィン社は応じてくれたのだったが、「闇の森」は２刷以降は取り除かれてしまった。この絵はアメリカでの初版にも出ているが、まずまちがいなくトールキン以外の画家によって、なぞって描きなおされたものが用いられたようだ。原画は――トールキンが学生にあたえて――失われてしまったので、この本の「闇の森」は、出版された本から複製されたものだ。

47 「闇の森」

48 「タウア＝ヌ＝フイン（ファンゴルンの森）」

エルフ王の門

『ホビット』の第９章で、ドワーフたちは〈森のエルフ〉によって捕らえられ、〈エルフ王〉の宮殿へと引き立てられてゆき、〈森の川〉にかかった橋を渡る。「橋の下には水が暗く、速く、激しく流れています。渡りきったところが門で、洞窟の入口になっています。洞窟がもぐり込んでいる山腹は、とても急な斜面となっており、びっしりと樹々におおわれています。群生するブナの大木は、川のすぐ際にまで下りてきており、根が水に洗われているほどです」。〈エルフ王〉の宮殿への入口が描かれたイラストは、〈ホビット村〉、〈丘〉のイラストに匹敵するほどの数があるが、こちらのほうがヴァリエーションが大きい。〈ホビット村〉のイラストと同じように、描かれた順序を確定するのは不可能だが、スタイルの違い、細部の変更を見ることで、それなりに根拠のある推定は可能だ。

「エルフ王の門」のイラストで、もっとも早く――おそらく対応する本文よりも早く――描かれたのは、インクを黒々と塗った絵（図版49）だろうと思われる。中央に大きくてめだつ橋があり、それを渡った先の洞穴の入口には、雑なつくりの木の門がある。この門は王の宮殿の入口にはおよそふさわしくないし、第８章に書かれている「巨大な石の扉」（この表現は『ホビット』の草稿にすでに見える）とも合致しない。これでも「ガシャーンと閉じ」（第９章）るかもしれないが。

次のタイトルのない、未完成の作品（図版50）を描くとき、トールキンはもっと遠い視点を設定した。青く塗られた川に橋がわたされているが、洞穴の入口に扉は見えない。曇った空に月がかかっているように見えるが、そのように描かれているのは「エルフ王の門」のイラストの中ではこの絵だけである（ドワーフたちは松明《たいまつ》の明かりによって、王のもとへと引き立てられていくのだ）。「エルフ王の宮殿への入口」（図版51）は、構図的には前作に似ているが、前景に大きな樹木が描かれている。この後に描かれたのが、タイトルのない絵（図版52）だろう。この絵では、またもや視点が動かされ、風景をかえ、橋から洞穴までステップを追加している。また入口にはしのび返しのついた高い柵があるようだ。

「エルフ王の宮殿の門」（図版53）は鳥瞰図で、周囲のいなか風の景色が描き込まれている。洞穴の入口はギリシア語のパイ（π）のような形で、重々しい扉で閉じられている。鉛筆とインクのウォッシュで影をくわえ、右上に太陽が輝いているさまを描き、そして（完全にではないが）消している。

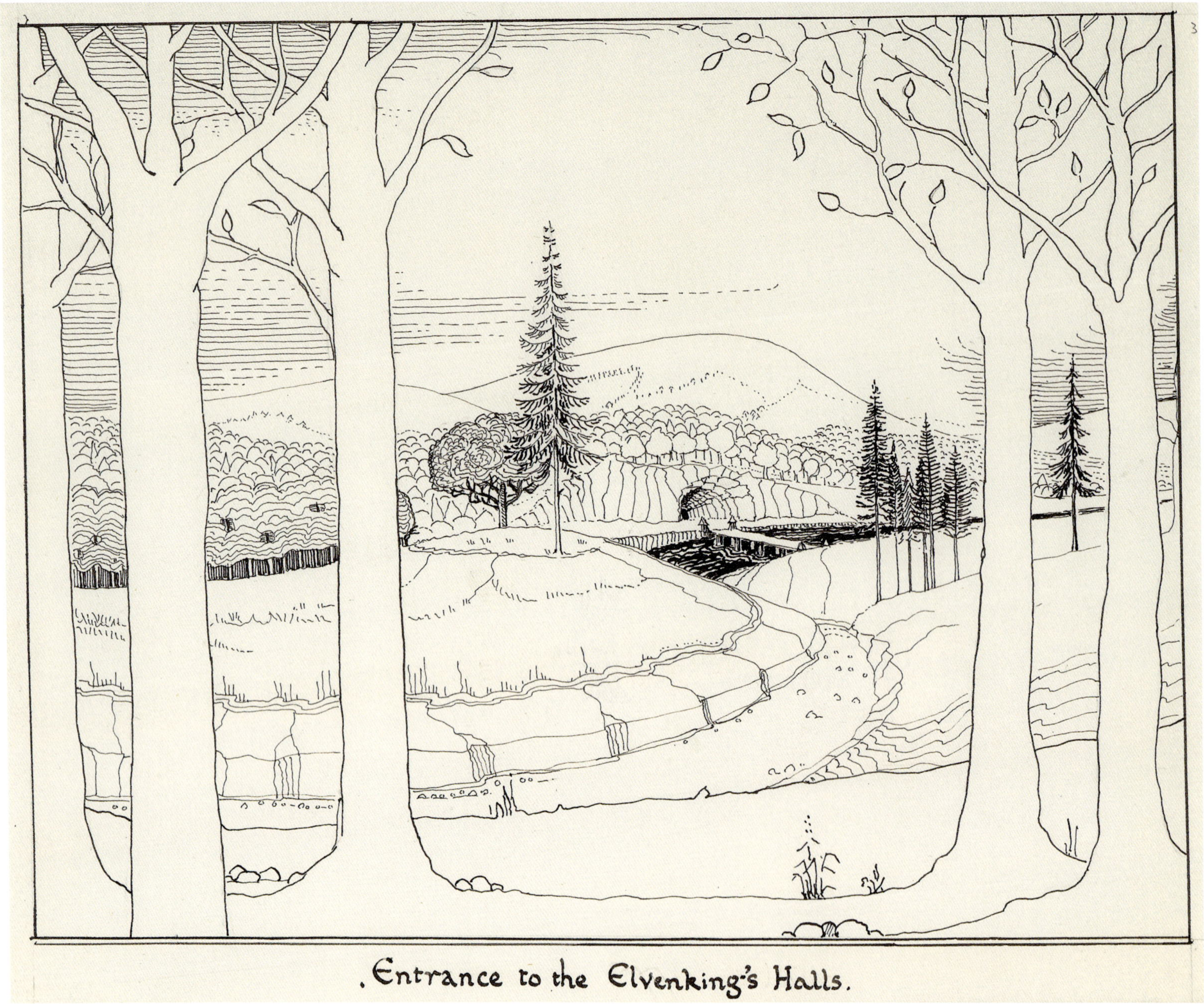

. Entrance to the Elvenking's Halls.

51 「エルフ王の宮殿への入口」

50 橋の向こうのエルフ王の門

49　エルフ王の宮殿への入口

「エルフ王の宮殿の門」の構図は、ナルゴスロンドへの入口を描いた２枚の絵に酷似している。ナルゴスロンドは、「シルマリル物語」のエルフの地下の城砦で、これと、『ホビット』の〈森のエルフ〉の宮殿はきわめて近い関係にある。これらナルゴスロンドのイラストでも、門の入口は支柱とまぐさがついた、「パイ」の形（トリリトン）になっている。描かれたのは水彩画（図版 54）が先で、1928 年の夏だが、城砦の前を流れるナログ川、それにこちら側の岸は、鉛筆で軽く輪郭を描いてあるだけという段階で放棄された（いつかの時点で水がぽたぽたと落ちたようで、色がにじんでいる）。後になって、同じ入口がインクで描かれた（図版 55）。これが図版 54 の水彩画をもとにしていることは一目瞭然だが、さらに景色が描き込まれ、細いアーチ橋がかかっている。トールキンの〈さけ谷〉のイラストのほとんどに描かれている「細い石橋」に似ていなくもない。

クリストファー・トールキンが述べるところによれば、父トールキンの頭の中では、ナルゴスロンドと〈エルフ王〉の宮殿は「映像的には同じ、もしくはほとんど区別がなかった。１つの同一のイメージがいくつかの伝説にいく度か出現した」という。これらの作品の類似点――とくに、丘の輪郭、洞穴の形など――は明らかで、意図的にそうされたことは論を待たない。ところが、ナルゴスロンドのこのインク画は、フィロロジーの研究用の反故紙の裏に描かれているが、この同じ紙に、『ホビット』の３枚のイラスト（図版 73、74、75）もまた描かれているのである。したがって、同じ頃に描かれたという可能性がある。けれども、異なっている点もある。ナルゴスロンドには洞穴のような入口が３つあるが、〈森のエルフ〉の城砦には１つしかない。

入口を描いた次の絵（図版 56）は、木々で「縁どられた」絵の１枚（図版 52）と似ている。図版 52 をもとにして図版 56 が描かれたのかもしれない。あるいは、「エルフ王の宮殿の門」を改訂して、もっと単純にしようとしたのかもしれない。しかし、最終的には、最初の絵がとっていた視点へともどることになり、扉のまっすぐ前からの構図になりはしたものの、さまざまな試し描きで用いられた要素がとりこまれた。「エルフ王の門」（図版 56 と同じ紙の裏側に描かれている）は、高い樹木の並木道から、橋、段々、洞穴へと見通すようなアングルが採られている。公刊された最終的なイラスト「エルフ王の門」（図版 58）を描く際には、もっと横に広がった構図にし、木々の「フレーム」をくわえ、さらに奥行きをのばすためになだらかなＳ字にカーブした線をくわえることで、見る者の視線を、入口を越えて、遠くの丘のいただきへと誘っている。

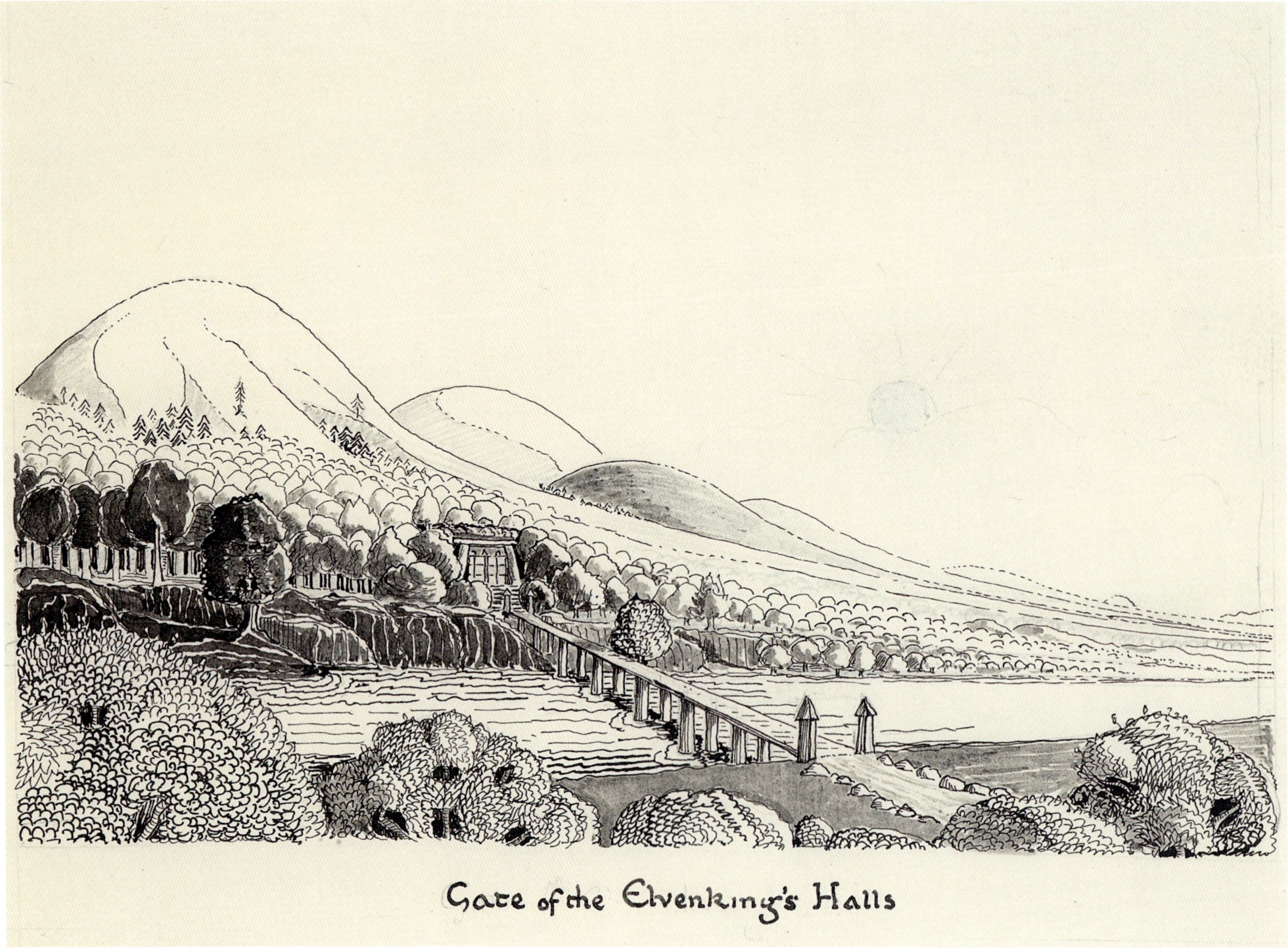
Gate of the Elvenking's Halls

53 「エルフ王の宮殿の門」

52　エルフ王の宮殿への入口

54 「ナルゴスロンド」

55　ナルゴスロンド

56 エルフ王の宮殿への入口

57 「エルフ王の門」

58　「エルフ王の門」

59　エルフ王の宮殿への入口

61 「森の川のスケッチ」

60　「森の川のスケッチ」のための準備スケッチ

森の川

水彩で描かれた「森の川のスケッチ」（図版 61）と、その前にうすく鉛筆で描かれた線画（図版 60）は、ビルボがドワーフたちとともに〈エルフ王〉の宮殿から脱出し、〈闇の森〉の東の端へと到着した場面をイラストに描こうとした、最初の試みである。ビルボ（ここでもブーツをはいている）は、王の酒倉から流れてきたワイン樽にのっている。『ホビット』の本文に述べられているように、ビルボは、筏《いかだ》乗りのエルフたちのいる湾へと夜のあいだにやってきた。「こういうふうにして、樽に乗ったバギンズ君は、とうとう左右の樹々がまばらになる地点にまでやってきました…。ふいに、黒い川がぐんと横に大きくひろがりました。ここは、〈エルフ王〉の宮殿のまえを走っている急流、すなわち〈森の川〉の主流と合わさる地点です。暗い水面が平坦にひろがり、もはやおおいかぶさる樹々の枝もなく、ぐいぐいとすべってゆく水の上には、雲や星の切れぎれの姿がおどっています」（第９章）。右上には、筏乗りのエルフの小屋が見え、窓には明かりがともっている。「えぐれた土手の下には砂利の浅瀬《あさせ》があり」、「すこし張り出している、かたい岩の屏風に囲まれて」いる近くである。

ところが、岸に乗り上げた、もしくは「岩の突堤《とってい》にどしんとぶつかっ」た「樽と大桶《おおおけ》の一群」のうち、ここに描かれているのはたった１つの樽にすぎない。しかし、もっと大きな問題がある。この絵では、ビルボは〈森の川〉の主流、すなわち南側を走っている流れに乗っているようなのだが、本文で述べられ、〈あれ野〉の地図でも示されているところにしたがえば、それは北側の支流でなければならない。トールキンはミスに気づいたようだ。この後で描かれたと思われる「森の川」（図版 62）では、流れは右のほうへとカーブしている。南側の「主流」に、北の支流が合流する図としてはこれが正しい。

公刊版のイラスト「ビルボ、筏乗りのエルフの小屋に到着す」（図版 64）も、アメリカの出版社ホートン・ミフリンのために描いた彩色画にふくまれる１枚である（ただし、同社版の『ホビット』には採用されなかった）。トールキンは、自作の絵画の中でも、これがとくに気に入っていたといわれている。南にはしる本流が、右側から合流してくるのが見える。すでに岸辺に着いたもの、ビルボが乗っているものにくわえて、５つの樽が流れに浮かんでいる。夜ではなく昼間の到着として描かれていること、物語ではこの時点ではビルボの姿が消えているはずなのにこの絵では丸見えであること――そんなことは、芸術的効果のためにこのさい大目に見ておこう。この絵を描くためには、少なくとも２枚のスケッチがあった。そのうちの１枚（図版 63）は、高木が１本しかない、視界のひらけた構図になっている（図版 105 も参照のこと）。

64 「ビルボ、筏乗りのエルフの小屋に到着す」

63 「ビルボ、筏乗りのエルフの小屋に到着す」のためのスケッチ

62 「森の川」

湖の町

「〈森の川〉の河口からさして遠からぬところに」エスガロスがあり、「陸地ではなく、湖面の上にたっているということです…。岸辺から大きな木の橋が湖上に伸びていて、その果てるところに、森の樹でこしらえた無数の巨大な杭にのっかるようにして、木造の家の建ち並ぶにぎやかな町が形成されています…」(第10章)。ここに、エルフの棹で川をくだってきた樽の筏《いかだ》がやってきて、「もやい綱が、大きな橋の、陸側のたもと近くにつながれます」。この集落を描いたインクの線画は2枚あり、どちらも町そのものは、さまざまの形、質感をまじえて、細部までていねいに描かれている。しかしながら、「エスガロス」(図版65)は、町以外はスケッチの段階で終わっている。左手には、樽のあいだに、インクのウォッシュをいったんはじめて中断した跡がみえる。また、2人のヒゲの生えた人物が岸に引き上げられた樽から出ようとしている情景は面白いが、物語のなかでは、「夜の帳《とばり》」がおりたあと、人間たちの目のとどかぬところで、ビルボがドワーフを樽から出すことになっているのだ。

『ホビット』の出版のため、トールキンは「エスガロス」を描きなおし、〈ほそなが湖〉の人々の日々のいとなみを表現するような、一般的なシーンに変えた。「湖の町」(図版66)には、建物がもっと多く描き込まれ、線と影が重厚に描かれているので、質感がましている。白鳥の首のついたボートが1艘ではなく2艘、湖面に浮かび、中央下には、〈森の川〉のはてを示しているさざ波に、筏が浮かび、いまや、エルフから引き継いだ人間が棹を使っている。中央右には、「水面に下りてゆく…階段や梯子《はしご》」の近くに描きくわえられた建物の下を、舟が通過するための水門が見える。左中央には、番小屋が見える。「エスガロス」では橋のたもとにぴったりくっついていたが、「湖の町」では少し岸辺から離れた位置へと後退し、様式化された樹木になかば隠されている。少しばかりのうす雲がくわえられて、空にも変化がでた。この本の写真版の複製では、鉛筆でうすくつけた影が見えている。とくに左側の岸辺をごらんいただきたい。とはいえ、あまりにもかすかなので、凸版職人のカメラでとらえることができず、公刊版には生かされなかった。

トールキンが〈湖の町〉の形状を考える際に、ヨーロッパの先史時代に存在した湖の村をモデルにしていたこと、さらにイラストを制作する際には、本に描かれている想像図を参考にしていたことが、いまでは分かっている。トールキンが参照した可能性のある絵が、『トールキンによる「指輪物語」の図像世界《イメージ》』に複製されている(図版125)が、これはロバート・マンローの『ヨーロッパ石器時代と青銅器時代の湖水遺跡』よりの引用である。ダグラス・A・アンダーソンの *The Annotated Hobbit* の改訂版に、他の例もあげられている。

65 「エスガロス」

66 「湖の町」

おもて門

〈はなれ山〉の南尾根のはての向こうに目をやったビルボとドワーフたちには、山から腕のようにのびた２本の支脈のあいだに「大岩壁があり、そのまん中に、洞窟が暗くぽっかりと口をあけている」のが見えた。「この穴から〈ながれ川〉のあの豊かな水流がほとばしり出ています。また、そこから蒸気と黒煙が立ちのぼっているのが見えます」（第 11 章）。この蒸気の上がっているアーチ道と、生まれたばかりの川が「ごろごろと大岩の転がっているあいだを、泡立ち、しぶきをあげながら」、〈谷〉の渓谷へと流れていくさまを表したのが、「おもて門」（図版 **68**）というイラストである。川岸は「岩だらけで一木一草なく」、立ち枯れになった木の骸骨が思い出したように立っていて、ドラゴンが荒らす前には、ここにも生命のいとなみがあったことがしのばれる。このイラストの前景に、１本のねじくれた木が立っている。公刊された『ホビット』の２枚の地図のどちらにも、枯れ木が〈山〉の周囲に小さく描かれているが、とくに 1928 年に描かれたスケッチ（図版 **67**）のことが思い出される。これはおそらく、古英語の詩「ベーオウルフ」に出てくる「グレンデルの湖」に関連して描かれたものだろう。

「東からみたさけ谷」、「西からみたさけ谷」（図版 **20**、**21**）など山を描いた他の作品でもそうだったが、「おもて門」でも、川の土手、鉱脈の露出、斜面、影などを示すために、さまざまな種類の輪郭線が用いられている。この本ではオリジナルが網目版で複製されているので、川、山の低い部分（門のアーチの上のあたり）、左手の丘の岩と岩の間に、濃い灰色のウォッシュが施されているのがわかる。線画凸版の処理ではまっ黒になってしまい、公刊版の『ホビット』にはそのようなものとして印刷された。

〈はなれ山〉の西側にある、秘密の入口のスケッチも残されている。崖の下をのぞいたり、峰にのぼったり、座ったり、仕事をしたりしている８人の人物が描かれている。「裏の扉」（図版 **69**）は、第 11 章のいくつかのシーンにかかわっている。「ビルボはここから下を見て、いま自分たちは、谷の山側の絶壁の、ま上にいることが分かりました。下のほうにキャンプが見えています。右手で岩の壁をつかみながら、３人はものも言わずに、一列になってこの隘路《あいろ》を歩きます。が、やがて壁にぽっかりと穴があいていたので、中に入りました。すると、そこは、周囲がほぼ垂直の壁に囲まれた、小部屋となっていました。草のじゅうたんで床がおおわれている、落ち着いた静かな部屋という印象です」。「上へ上へとのぼり、峰の先へと続いていく」道を探検しているドワーフたちもいる。１人が〈湖の町〉から持ってきたつるはしかマタックを使っている。下のキャンプにロープを下ろしている者もいる。「高さ５フィート、３人が並んで通れる幅の扉」はひらいており、山の中に下りていく坑道が見えている。そして敷居に１人のドワーフが立っている。

秘密の入口の形は、〈エルフ王〉の門と同じように台形になっている。「裏の扉からの眺め」という絵（図版70）では、この入口の左右と上の三方のへりが、線によって示されている。この「窓」の向こうには、「裏の扉」の絵とは逆のほうから見た岩壁、山の周囲の〈スマウグのあらし野〉、死んだ木々、はるかな地平線の上にある太陽が見える。これが、第11章の終わり近くで、ビルボの目に映っている風景だ。そのときビルボは「ただ岩にもたれて座ったまま、入口の割れ目から、遠く西のほうを眺めているばかりです。崖のむこうには平らな地面がつづき、その果ては〈闇の森〉の暗々《くらぐら》とした壁にゆきあたり、その先にさらに空間がひろがってゆきます。時々、そんな空間の果ての果てに、〈霧の山脈〉が小さくかすんで見えたと思う瞬間がありました…。見ているまに、入り日のまっ赤な円盤がビルボの目の高さにまで沈んできました」

地図の1枚（結局『ホビット』に載せないことになったが）を書き換えるためにも、このページが使われている（図版83と比較すること）。左手に〈はなれ山〉の大雑把なスケッチがある。「トロールの地図」の星形の山を想起させる形だ。〈ながれ川〉が〈谷〉をめぐって流れている。流れの方向は、ゲラ刷りが出たあとで変更された。〈エルフ王〉の宮殿の東の沼地は、下のほうにうすく描かれている。

67　ねじくれた木

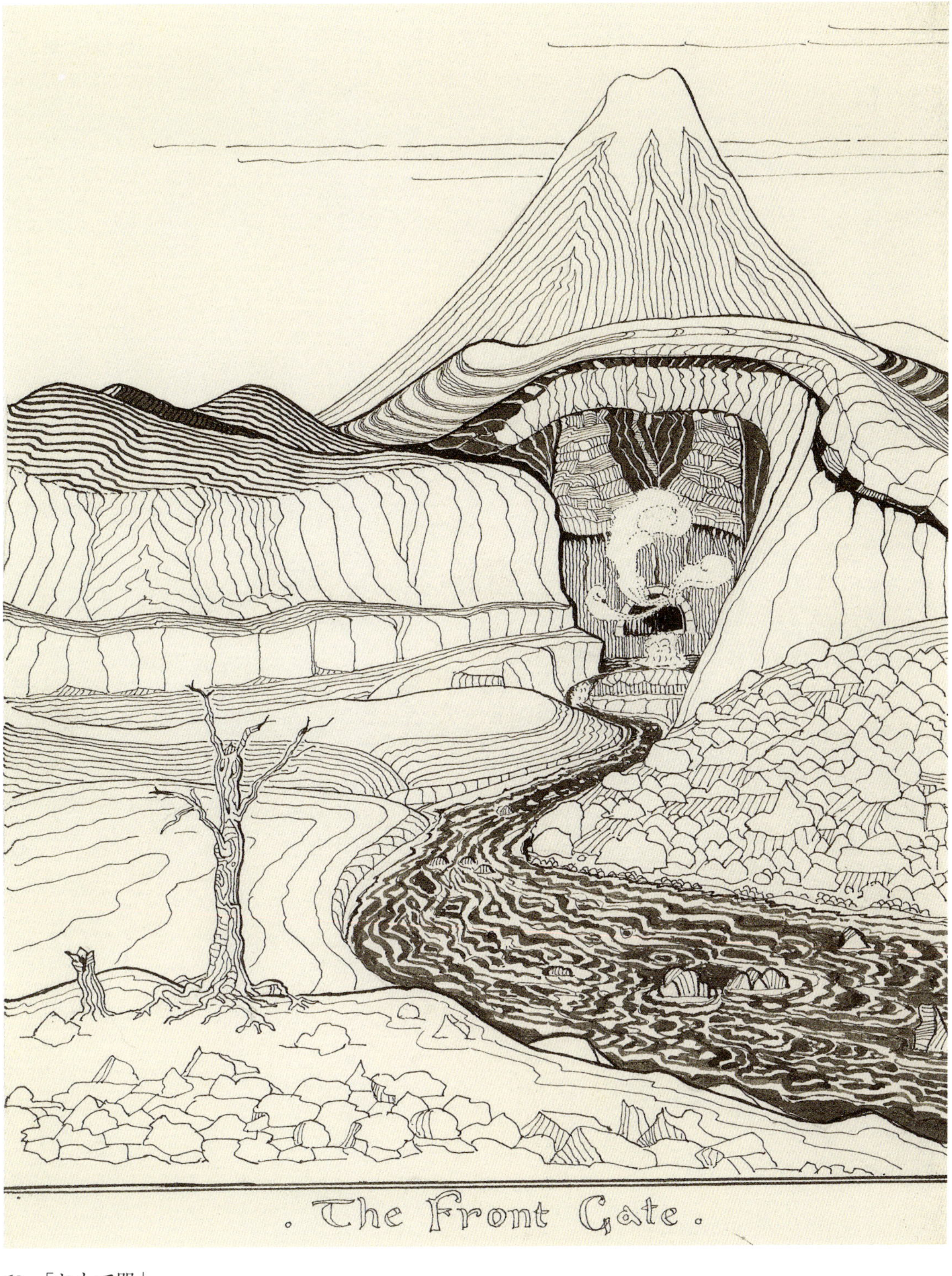

68　「おもて門」

69 「裏の扉」

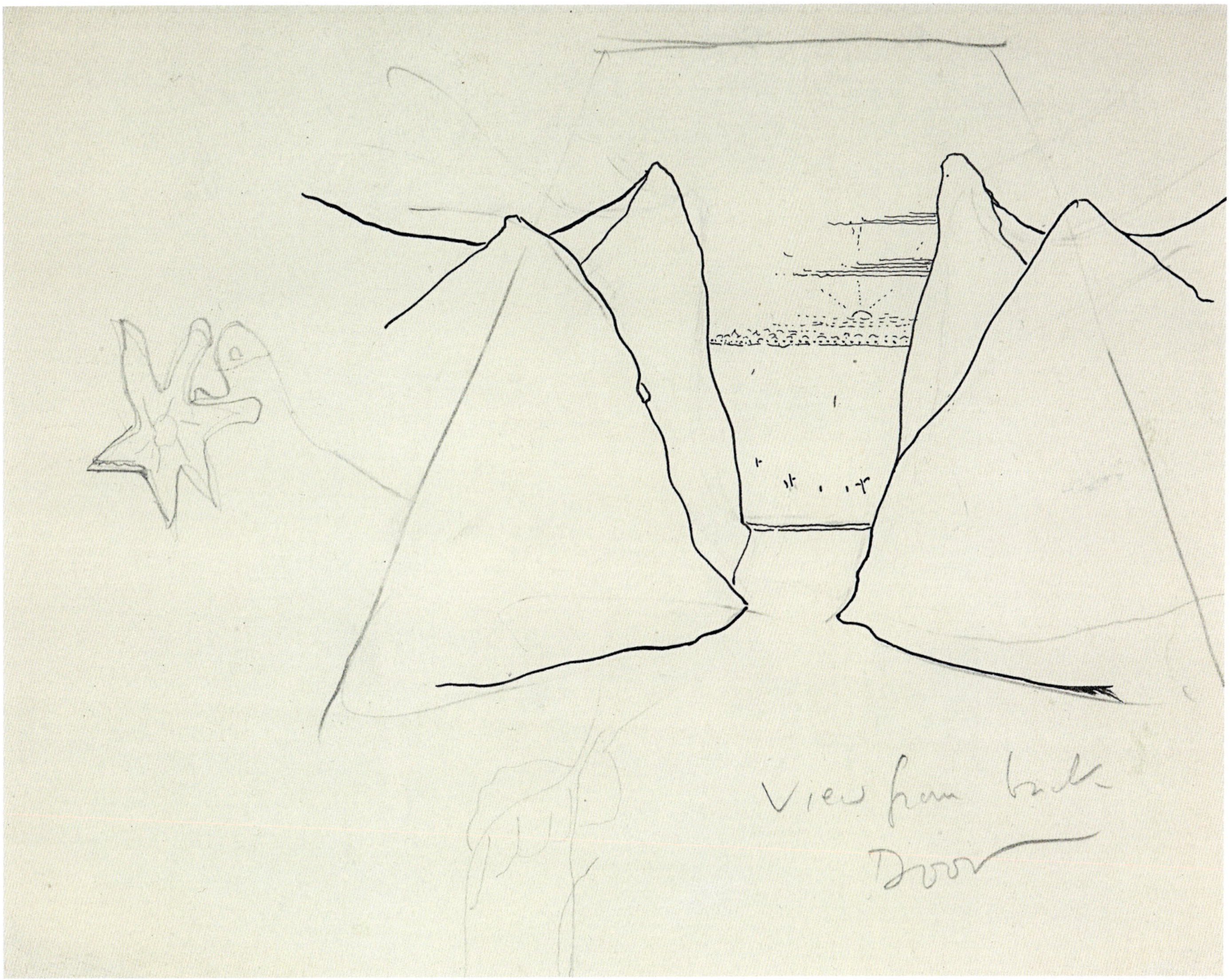

70 「裏の扉からの眺め」

71 「スマウグとの会話」

スマウグとの会話

ビルボは、〈はなれ山〉の中のドラゴンのスマウグの巣に、２度入る。２度目のときに嗅ぎつけられ、巨大なドラゴンと会話する。「スマウグとの会話」（図版71）という作品は、このエピソードのはじまりの時点をとらえたもので、ビルボがていねいにお辞儀をし、「ああ、スマウグよ、強大無比《きょうだいむひ》の大王よ」、「おお、スマウグよ、禍《わざわ》いの代名詞、禍いの大王よ」と呼びかける場面である（第12章）。ビルボのシルエットを蒸気の雲がつつんでいるが、これはゴラムの指輪をはめているので見えないという意味である。このビルボの姿に対して、トールキンはコメントしている。――「妙な場所が太っていることは別にしても、［ドラゴンに対して］とんでもなく大きすぎる。しかし、（少なくともわたしの子どもたちは分かってくれたように）実は、ビルボは別の絵、もしくは〝平面〟の上にいるのだ」

スマウグは「赤味がかった黄《こ》がね色にかがやくドラゴン」で、頭、手、体にエメラルドグリーンが施されている。鼻孔からは煙がのぼっている。ビルボがはじめて見たときは、「スマウグの体の下――その四肢の下にも、そのくるりと巻いた巨大な尾の下にも、またスマウグの巨体のぐるりにも、闇にかくれた床をおおいつくさんばかりに、貴金属や宝石が、無数の山をなしています。細工した黄金、未加工の金塊、宝石、珠玉、そうしてドラゴンの発散する代赭色《たいしゃいろ》の輝きをうけて赤くそまった銀…。うしろの壁は比較的近くにあるので、ぼんやりと見えていますが、その上には鎖かたびら、よろい、兜《かぶと》、戦斧《おの》、剣、槍などがかかっています。また、壁ぎわには大きな瓶《かめ》や壺《つぼ》が何列にも並んでおり、想像もつかないほどの宝物がぎっしりとつまっています」。この大きな広間にかつて住んでいたドワーフたちは髑髏《されこうべ》となり、うち捨てられた武器が残っているばかり。コウモリが舞い、まっ黒な煙霧がたちこめ、ホビットにとってはきわめて不健康な場所である。

とてつもなく大きな宝の山のうえで星のような輝きを放っているのは、おそらく、「大きな白色ダイヤモンド、ドワーフたちが〈山〉の根っこの中心で発見した宝石」〈アルケンストン〉だろう。トリン・オウクンシルドにとっては、もっとも貴重な宝物である。ドラゴンの尾の先の左手にあるのは、「〈谷の王〉ギリオンの首飾り、早緑《さみどり》のエメラルドを五百個つらねたもの」だろう。左下には、黄金と宝石のはいった巨大な壺がある。上まで行くにははしごが必要なほど大きな壺だ。テングワールで警告の言葉が刻まれている。読める部分には「トロール［と］トライン［の］黄金盗む者よ呪われてあれ」と書かれてある。他の壺には、ルーン文字の‘TH’が記されている。〈山〉の下のドワーフの王である「トロール」か「トライン」の頭文字である。

スマウグ山のまわりを飛ぶ

『ホビット』のイラストを制作しているとき、トールキンは、子どものための物語『仔犬のローヴァーの冒険』のイラストである「白いドラゴンが仔犬のローヴァーと月の犬を追いかける」(図版72）から２点借用した。この絵のドラゴンが「あれ野」(図版89）にも登場し、この絵の大きなクモが「闇の森」(図版47）にも出てくるのだ。行進しているドワーフの上にドラゴンがスケッチされているが（図版73)、こちらは「トロールの地図」(図版28）と、『ホビット』のカバーの最終バージョンに（ほぼそのままの形で）再利用された。そして、このドラゴン像と、「白いドラゴン」は、「スマウグ山のまわりを飛ぶ」の４枚のイラストに描かれたドラゴンと親戚である。第12章で、スマウグは山のまわりを２度飛びまわる。ビルボがドラゴンの宝の山から酒杯を盗んだときと、ドラゴンと対話したあとの２度である。

この４枚のうち、もっとも時期の早いのは、空を念入りに描いてある、タイトルのないインク画（図版74）だろう。これは昼間に設定されているように見えるが、物語ではスマウグが飛ぶのは夜だけなので、矛盾している。山腹を背にして、ドラゴンはまっ黒に塗られている。〈おもて門〉も、南西の尾根の〈大がらすの丘〉も黒だ。川が湾曲しているところに古い橋の残骸があり、第13章では、この場所でビルボとドワーフたちが川を渡る（「橋を構成していた石は、いまは、浅く、にぎやかに流れる川底に、ごろごろと転がっています」)。川を渡ると「昔の段々」があり、これを上がって「せり上がった土手」をのぼると道に出る。この道をたどって尾根のまわりをぐるっとまわると小径に出る。さらにこの小径をのぼってゆけば見張り場所に到着する。右手には〈谷〉の廃墟がある。

この絵のもう１つのバージョンである「スマウグ山のまわりを飛ぶ」(図版75）が、水彩画で描かれている。細部はほとんど変わらない。残りの２枚「おもての扉」(図版76）と「はなれ山」(図版77）には装飾的なタイトルが描かれており、後者は、まっ黒の空を背景に白いドラゴンが描かれているので、設定は議論の余地なく夜だ。しかしながら、このあとの２枚には、大きな変更がくわえられている。すなわち川筋である。川は、「〈谷〉の渓谷の上をゆったりと大きな円を描いて流れて」(第11章）いる（先に描かれた絵、図版74にもかすかにスケッチされているのが見えるかもしれない)。トールキンはこの変更を1936年の暮れごろに、「トロールの地図」の改訂版（図版26、28）にもくわえたが、本文のほうは、やっとゲラの段階になってそれに合わせた。「おもての扉」にしろ「はなれ山」にしろ完成度の高い作品なのに、トールキンのほうからアレン＆アンウィン社に出版用の使用について打診することはなかった。完成の時期が遅すぎたのかもしれない。あるいは、さまざまの種類の灰色や濃い黒が用いられていて、線画凸版には向かないと思ったのかもしれない。

72　「白いドラゴンが仔犬のローヴァーと月の犬を追いかける」

73　飛ぶスマウグと行進するドワーフ

74　スマウグ山のまわりを飛ぶ

75 「スマウグ山のまわりを飛ぶ」

76 「おもての扉」

77 「はなれ山」

スマウグの死

スマウグの死のイラストは、〈湖の町〉の上空での、まさに運命の瞬間をとらえたものだ（図版 78）。燃えている家々から炎が吹き上がり、空気は煙でにごっている。大きな橋は水の中に沈められた。月が上がっていて、射手のバードが黒い矢を放った。遠景には〈はなれ山〉のいただきが赤く燃え、火山のように煙がもくもくと上がっている。ただし、本文で語られるように、復讐のために〈ほそなが湖〉に到着するよりもかなり前、12 章のおわりで、スマウグの怒りの炎は沈静し、輝きも多少薄れていたことだろう。

ずっと後になってから、「スマウグの死」を描いたのは 1936 年のことだったろうと、トールキンは推測している。しかし、じつはもっと早くて、第 14 章を書くための補助として描いたという可能性もある。あるいは、1937 年に制作を約束したカラーのイラストのための予備的なスケッチだったが、この段階でテーマを捨ててしまった、ということかもしれない。いずれにせよ、このままでの出版は不可能だ。余白には、この絵に含まれる本文との矛盾点が記されている。「月は三日月でなければならない。ドゥーリンの日の新月からまだ数夜すぎただけだから」（というわけで、丸い月の中に三日月の形がスケッチされている）。「ドラゴンの矢の当たる場所は、白く、露出していなければならない」。「弓を射るバードは矢を放ったあと、杭の左端ぎりぎりのところに立っていなければならない」。トールキンは『ホビット』の 1966 年版のために、「スマウグの死」をアレン＆アンウィン社に提供したものの、「この落書きをカバーに使うのは気がすすみません。絵を描ける人間が描けないふりをして描く、当世風のタッチが強すぎるように思います」と述べた。そしてさらにこれをそのまま使うのではなく、誰か別の画家に似たようなシーンを描いてもらうための刺激や参考になってほしいと述べている。左の余白にある２つのメモはもともと鉛筆書きだったが、これをインクでなぞりなおし、さらに下（中央）に３つめのメモをくわえているのは、それを念頭においてのことかもしれない。

この紙の裏側（図版 79）は、英語とテングワールのカリグラフィーの練習に用いられた（上の二つの語は “Ezgaroth［エズガロス］” と “Esgaroth［エスガロス］”、“The Death of Smaug［スマウグの死］” の下は、“above Esgaroth upon the Long Lake［ほそなが湖上のエスガロスの上空］”、そして下には “Smaug the magnificent king of the dragons of the North［スマウグ大王、北のドラゴンの王］”）。このページは、インクと水彩絵の具を試してみる紙としても用いられた。もしも、ここの色が「スマウグとの会話」（図版 71）で用いられたものの一部であるのが偶然でないとすれば、「スマウグの死」は「スマウグとの会話」のドラゴンのモデルであったかもしれない。

The moon should be a crescent: it was only a few nights after the New Moon on Durin's Day.
Dragon should have an white naked spot where the arrow enters.
Bard the Bowman shd be standing after release of arrow at extreme left point of the piles

78　「スマウグの死」

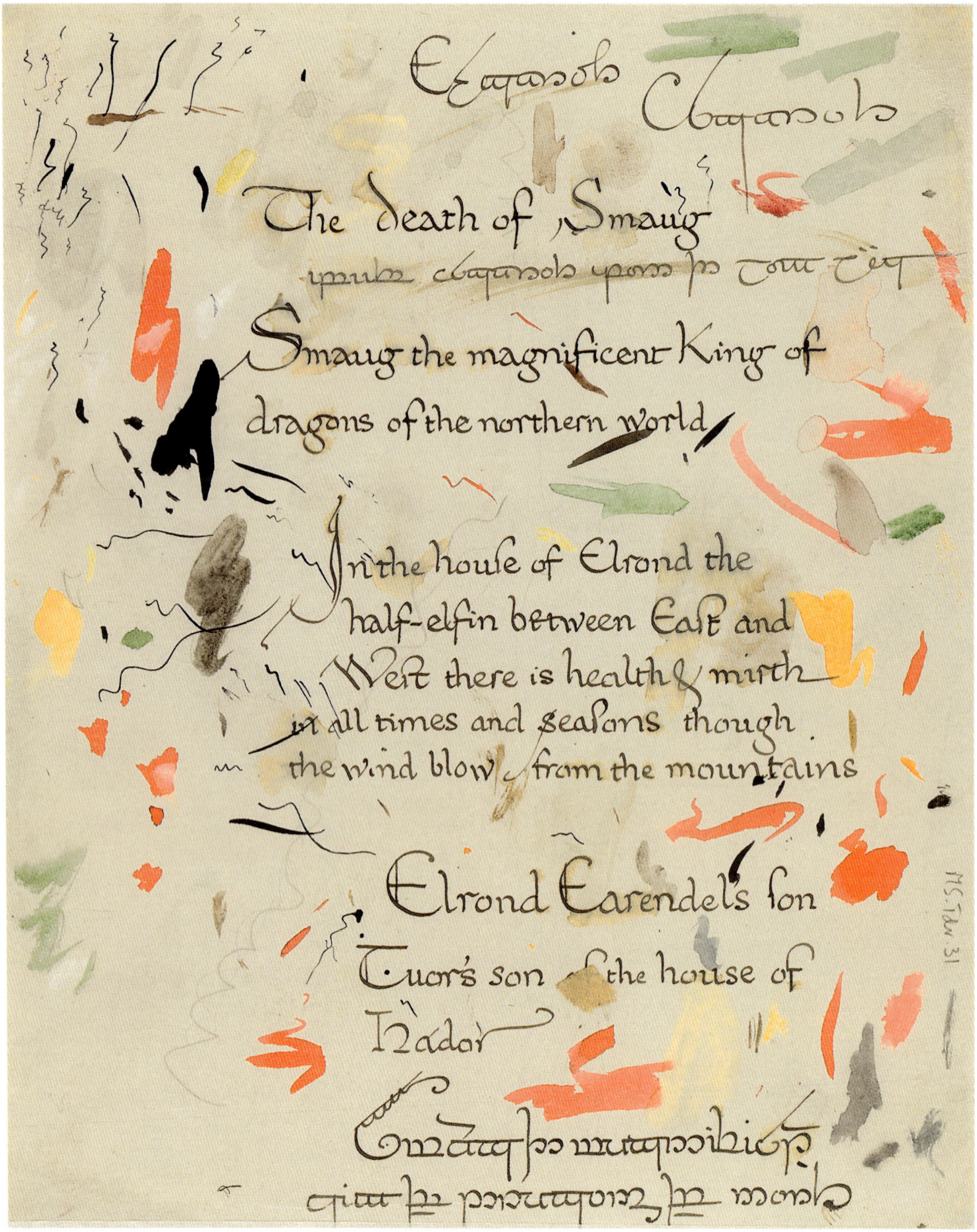
The death of Smaug
Smaug the magnificent King of
dragons of the northern world
In the house of Elrond the
half-elfin between East and
West there is health & mirth
in all times and seasons though
the wind blows from the mountains
Elrond Earendel's son
Tuor's son the house of
Hador

79 「スマウグの死」の裏側

はなれ山とほそなが湖

〈はなれ山〉のまわりで戦闘が熾烈をきわめているとき、ビルボは兜をかぶり鎖かたびらを着て、〈大がらすの丘〉に立っていた。「はげしい風に雲がやぶれ、まっ赤な夕焼けが〈西〉の空を切り裂きました…。そこに見えた景色に、ビルボの胸が高鳴りました。遠くの赤い輝きを背景にして、たくさんの黒い影が、まだ小さいながらも威風堂々《いふうどうどう》と飛んでくるのです…。『ワシだ！ ワシだ！』踊りながら、両腕をぐるぐるまわしながら、ビルボは喚声をあげます」（第17章）。これが「ワシの到着」（図版80）のテーマである。ただし、２人の人物のうち、どちらがビルボなのかは分からない(どちらも違うかもしれない)。絵のタイトルは上にテングワールで記されている。

すでに説明したように、トールキンは「トロールの地図」、「あれ野」にくわえて、さらに３枚の地域ごとの地図を含めるつもりだった。そのうちの１枚は、〈はなれ山〉とその周辺地域の地図だったようだ。おおまかな鉛筆のスケッチ（図版81）には、ヒースのかれ野、はなれ山、闇の森、沼地、森の川、湖の町という地名が記されている。もう１枚のスケッチ（図版82）には、ほとんど地名は記されていない。「ヒースのかれ野」の文字が消され、「エルフ王」（エルフ王の宮殿）が「闇の森」の上にくわえられている。もっとくわしいスケッチ（図版83）では、〈森の川〉が果てるあたりの沼地、北東の丘の列なり、〈ほそなが湖〉の細部が描き込まれている。さらに後日、星形の山と、〈ながれ川〉が〈谷〉のまわりをぐるりとめぐるようスケッチが加えられた。

このほかに、はなれ山の詳細図が２枚残されており（図版84、85)、重要な場所には地名が記されている。これらには「危険な小径にむかう道（Approach to the Perilous Path)」という文字が、新たに追加されている。すなわち秘密の扉へ通じる道のことである。「裏の門からの眺め」（図版86）には、〈はなれ山〉の南西の尾根のスケッチと、大きな岩と岩の間に見える〈裏の扉〉のスケッチが描かれている。ともに、詳細図を描くための下絵である。

これらの予備的なスケッチをもとに、トールキンは、〈はなれ山〉の色つきの絵を描いた（図版87)。この絵でも主要な箇所の名称が記されているが、とくに「西の緑の谷の上の〈秘密扉〉(SD　Secret Door above the green western valley)」に注目したい。この地図は初期に描かれたもので、川はまだ〈谷〉のまわりをめぐっていない。同じページに、小さな〈ほそなが湖〉の図がある。〈ながれ川〉の注ぎ口、大きな橋のあるエスガロス、湖の南端にある滝、西側の沼地をぬけて湖に注ぐ〈森の川〉が描かれている。

80 「ワシの到着」

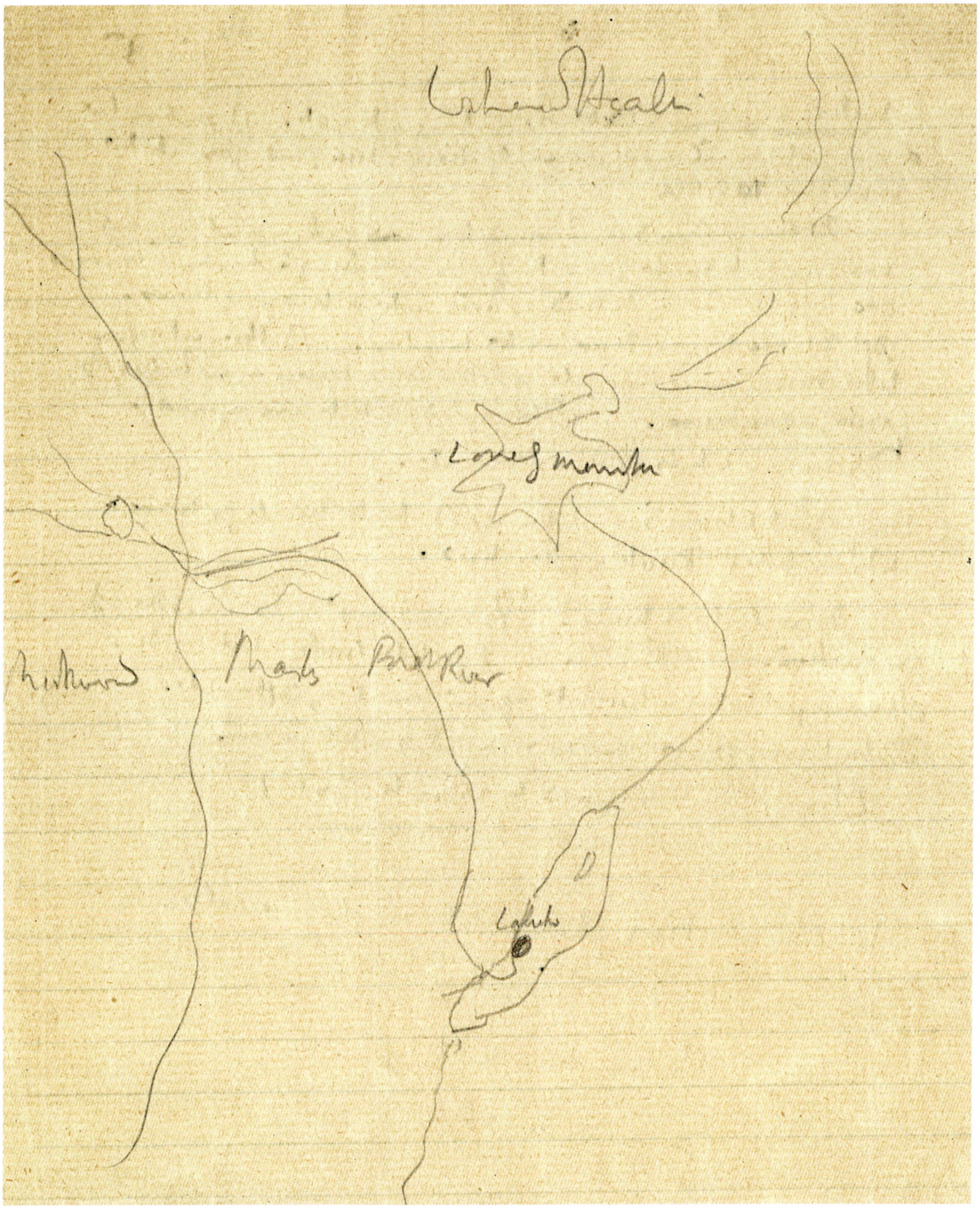

81　はなれ山と周辺地域の地図

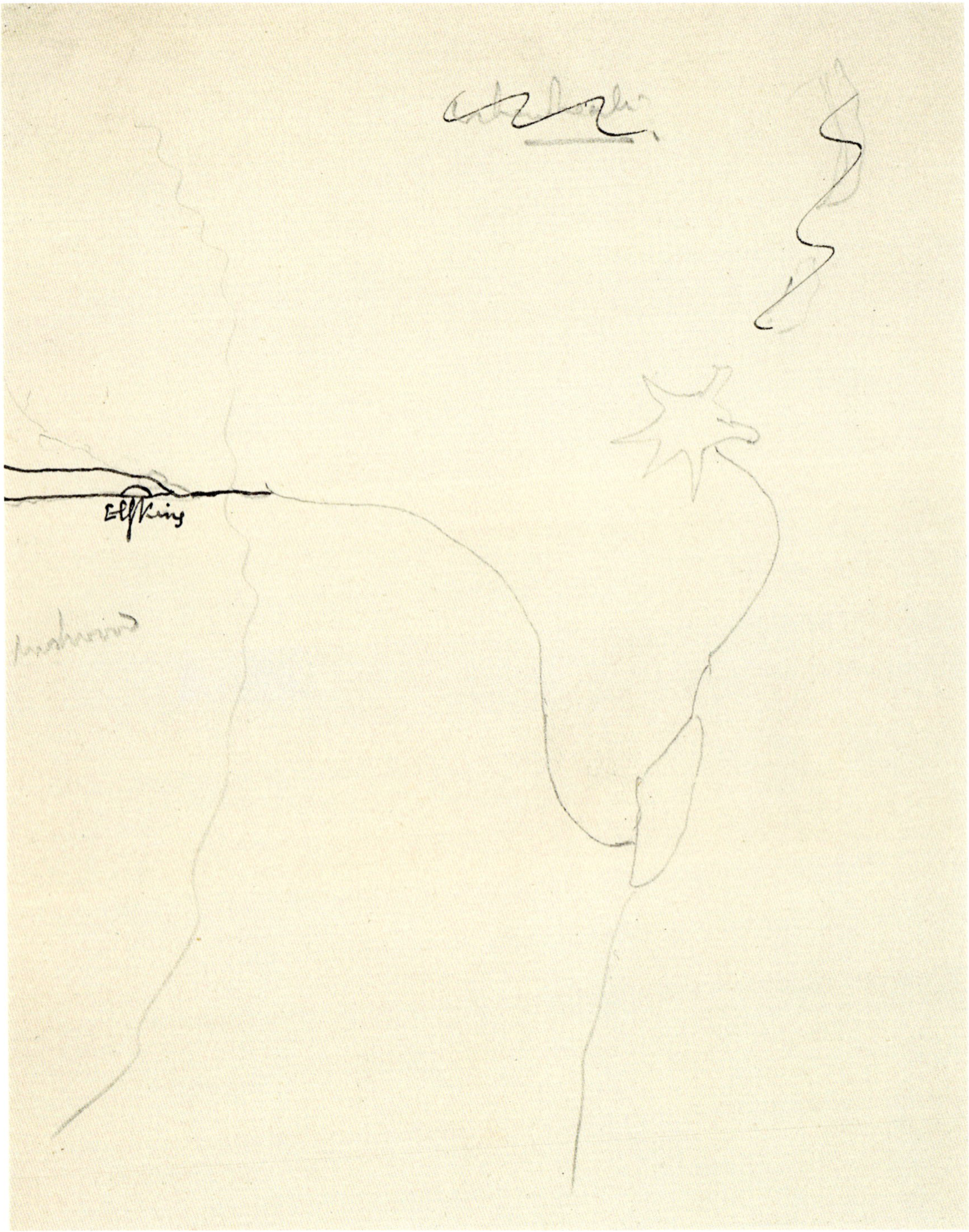

82　はなれ山と周辺地域の地図

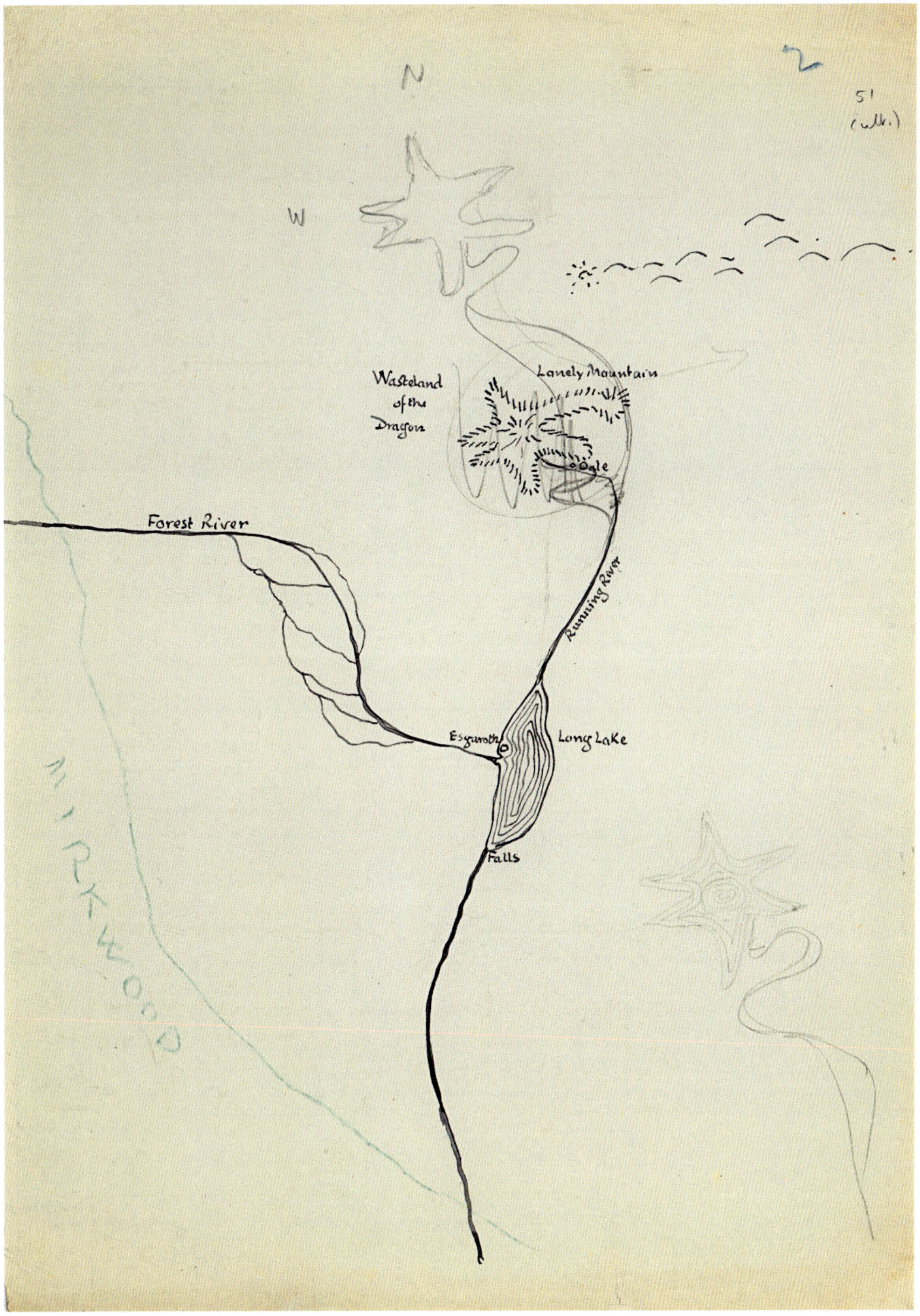

83　はなれ山と周辺地域の地図

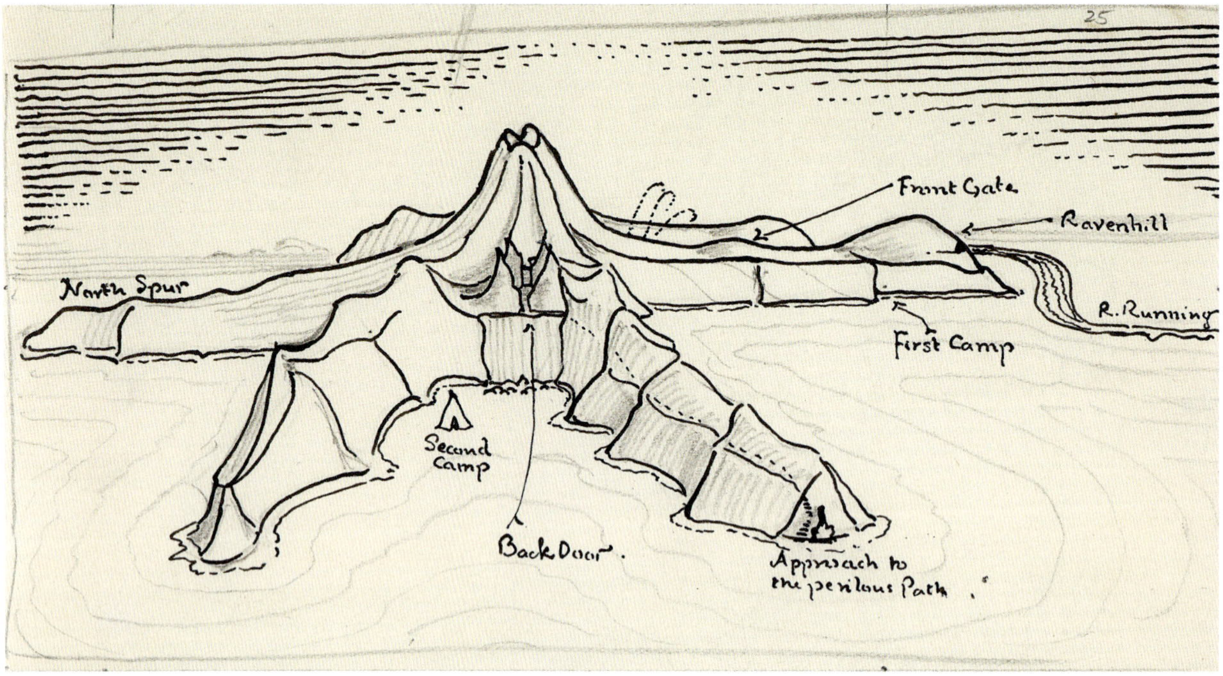

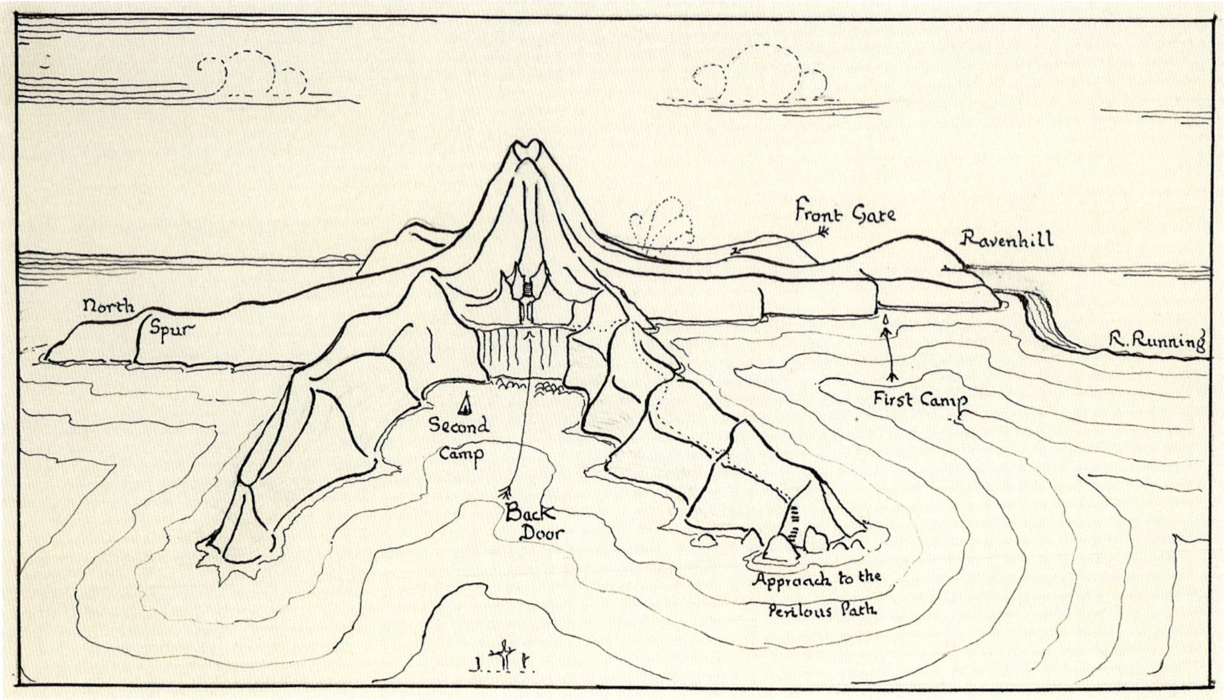

84, 85　はなれ山の見取り図

86 「裏の門からの眺め」

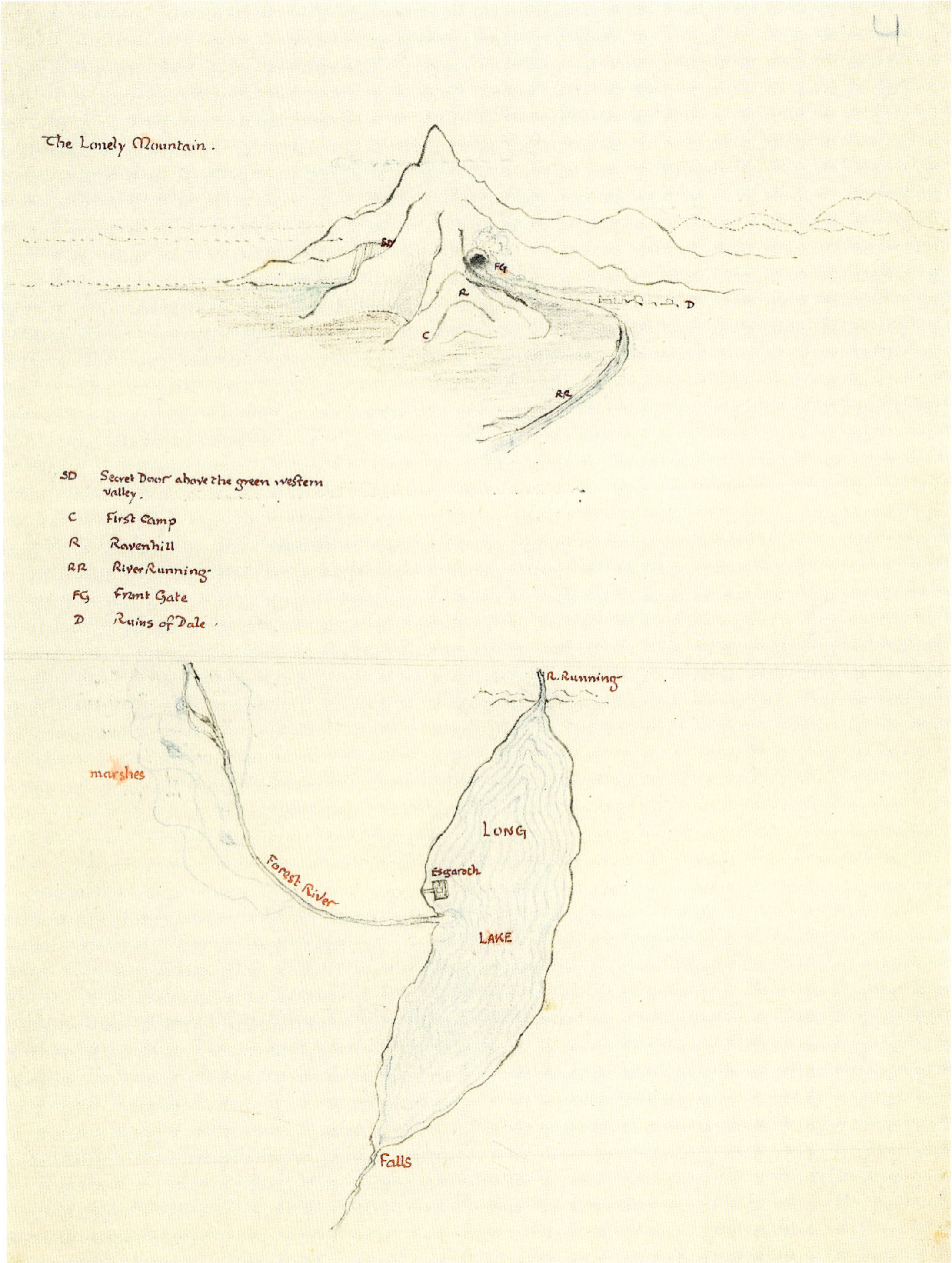
4
The Lonely Mountain.
SD
FG
R
D
C
RR
SD Secret Door above the green western valley.
C First Camp
R Ravenhill
RR River Running
FG Front Gate
D Ruins of Dale.
R. Running
marshes
LONG
Esgaroth
Forest River
LAKE
Falls

87 「はなれ山」とほそなが湖の地図

あれ野

ここで、この本の「はじめに」で引用したレイナー・アンウィンの意見を振り返ってみよう。レイナーは、『ホビット』には読者の手助けとして、地図が必要だと述べていた。『ホビット』のような長い旅の物語には、旅の道筋をしめす地図がついていたほうが、読者には意味が分かりやすくなるだろう。たとえ〈ホビット村〉から「ゆきて、かえりし」の全ルートがカバーされていなくても、一部だけでも地図があったほうが分かりやすいだろう。イラスト「あれ野」はこの目的をじゅうぶんに果たしてくれるが、くわえて、トールキンが『指輪物語』の地図について述べているように、「本文で述べられていることへのたんなる索引以上のもの」にもなっている。「あれ野」は絵地図のお手本のようなものだ。次のページに複製されている「あれ野」のバージョン（図版 88）は、おそらく、〝家庭内写本〟の最後に付されていたものだろう。色鉛筆とインク２色で描かれた美しい作品で、微妙に――とくに〈霧の山脈〉の稜線沿いに――陰翳がつけられているのがすばらしいが、それがアレン＆アンウィン社にとっては頭痛の種だった。線画凸版では、この地図をそのままの形で複製することが不可能であり、しかもコスト削減のために２色に限定されることになっていた。トールキンはアドバイスをうけた。――山を表現するには、「１色のみでハッチング［線で影を示す手法］し、高い部分は線を密にすればいかがでしょうか。川は２本の平行線で描くのも悪くないですね。〈闇の森〉は山脈と同じ色にしておいて、道とレタリングに２つ目の色を使うのがベストではないでしょうか。レタリングは今のままでも悪くないですが、ほんの少しばかり整えていただいても問題ありません」

トールキンは求めに応じて地図を描きなおしたが（図版 89）、アドバイスされた以上に腕によりをかけて改善した。レタリングはより整えられたばかりか、大胆なタッチの装飾的なものとなった。タイトルはこったフレームに入れられた。山の陰翳は２種類のハッチングではなく、ハッチングと、黒のベタ塗りで表現し、ぐんと奥行きが感じられるようになった。〈闇の森〉は輪郭だけだったが、木を１本１本描くことで森そのものになった。最初のバージョンではイニシャルのみだったものはスペルが記され、いくつかは名前が変えられた。さらに追加されたもの、変更されたものがある。小さなところでは、〈森の川〉が〈ほそなが湖〉に注ぐあたり、沼地をしめすために小さな「ケバ」が描き込まれた。〈闇の森〉の中の南のほうに、森の人間の居住地が描かれているのが面白い（これは『指輪物語』になってはじめて、物語にかかわってくる）。それにいうまでもなく、〈闇の森〉の北側には、エルフの道に沿って、クモの巣がいかにもまがまがしく描かれている。

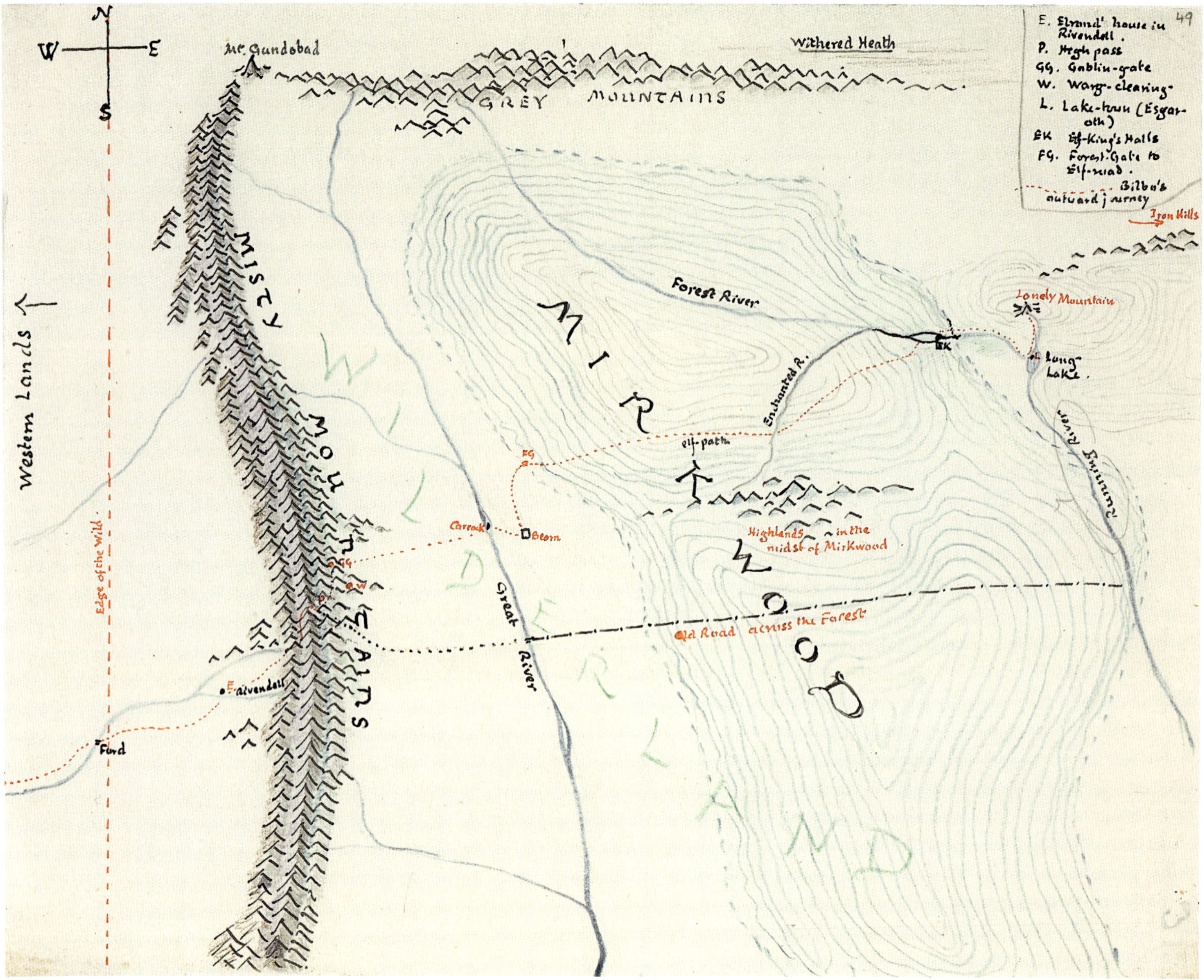
N
W
E
S
Mt. Gundobad
Withered Heath
GREY MOUNTAINS
E. Elrond's house in Rivendell.
P. High pass
GG. Goblin-gate
W. Warg-clearing.
L. Lake-town (Esgaroth)
EK Elf-King's Halls
FG. Forest-Gate to Elf-road.
Bilbo's outward journey
Iron Hills
Lonely Mountain
Long Lake
Forest River
MISTY MOUNTAINS
MIRKWOOD
WILDERLAND
Western Lands
Edge of the Wild
Enchanted R.
elf-path
FG
Carrock
Beorn
Highlands in the midst of Mirkwood
Great River
Old Road across the Forest
Rivendell
Ford
EK
49

88　あれ野

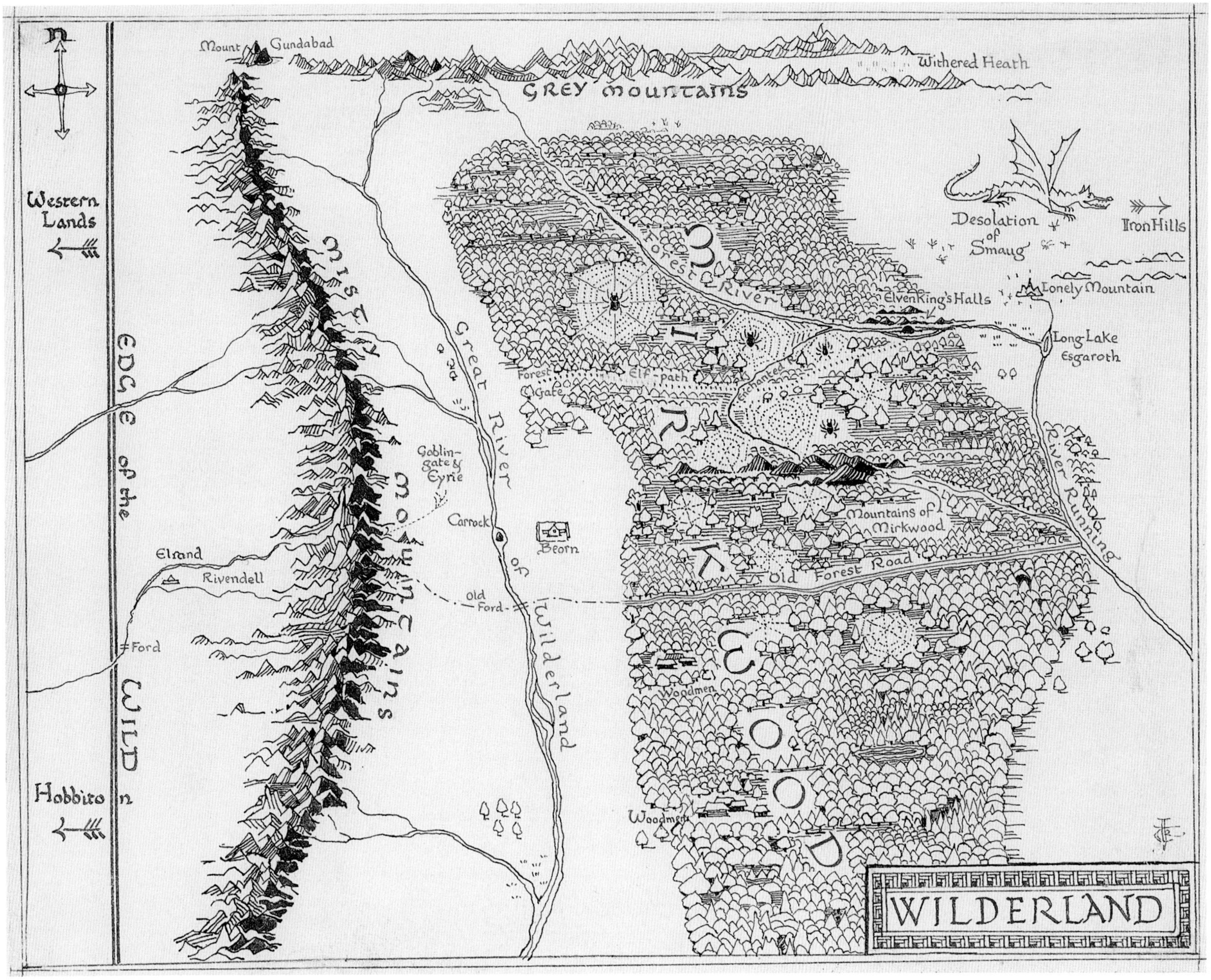

89　「あれ野」最終バージョン

ふくろの小路屋敷の玄関ホール

「B・バギンズ氏の邸宅、ふくろの小路屋敷の玄関ホール」（図版 90）は『ホビット』最後のイラストである。ビルボが、読者がはじめて出会ったときのような快適な生活へと戻っていく場面である。家の中が披露されるのはこれがはじめてだ。といってもその一部にすぎないのだが、玄関だけでも、とても興味深い。「まん丸。そしてそのまんまん中に、キラキラと金色に光る真《しん》鍮《ちゅう》の取っ手がついています。扉をあけると、そこは丸い土管のような玄関ホール。ちょうど汽車のトンネルのような形です。でも、このトンネルは煙モクモクじゃないので、しごく快適。壁には木のパネル、タイルの床にはカーペット、その上にはピッカピカに磨いた椅子がいくつも。そうして帽子やコートをかけるためのフックときたら、これはもういっぱい！」（第 1 章）

この家でビルボは「地上での生がおわる最後の日までとても幸福に暮らしました」（第 19 章）と述べられている。これは、ドワーフ、ドラゴン、エルフ、魔法使いなども含めて、おとぎ話的な要素がたっぷりと入っている『ホビット』という物語にふさわしい、おとぎ話風の終わり方である。しかし、それとは対照的に、〈ふくろの小路屋敷〉は、おなじみのものに囲まれた楽園である。この絵に描かれているモノたち——椅子、テーブル、鏡、ラグ、時計、晴雨計、ランプ、タバコ缶、傘立て、ステッキなどはすべて見覚えがあるように感じられる。家具のたぐいも、20 世紀初頭、もしくは 19 世紀末あたりのイギリスの家に備わっていたものを想起させるので、熱狂的ファンのあいだにホビットの社会とはいかなるものかと揣《し》摩《ま》憶《おく》測《そく》の花が咲いたが、トールキン自身は、ささいな点まですべて考えつくしたものではないということを認めている。トールキンにとって重要だったのは、『指輪物語』の場合も同じだったが、物語の最後になってホビットが帰ってくるときに、なるほど、ここなら帰って来たくなるのも当然だと読者が納得できるような場所を描いておくことであった。

遠近法的には少しおかしい。とくに左側の椅子がありえないほど小さい。ドアも、ここに描かれているほど大きいと、ビルボの背丈の者にとっては、開いたり閉じたりするのがむずかしかっただろう。それに呼び鈴の紐も、ホビット——それにドワーフたち——には位置が高すぎて不便そうだ。ドアのうしろに影があるが、まずいことに、インクのウォッシュで塗ってしまったので、線画凸版の処理の過程でまっ黒になってしまい、鍵穴にささっている鍵が見えなくなってしまった。

けれども、家のなかも面白いが、玄関ホールから見える、〈ふくろの小路屋敷〉から眺めてはるか先に広がっている景色も、それと同じくらいに重要である。玄関のステップから鉢植えの木にはさまれた小径がはじまり、ずっとくだって〈丘〉にそって曲がっていく。われわれには〈ホビット村〉の絵があるので、この道がどこにつながっているのかを知っている。作家トールキンにとっては、道は「どこまでも」冒険へとつながり、はるか遠くの地平線へとのびていくのだ。そして、開いたドアは、その旅へとわれわれを誘っているのである。

90 「Ｂ・バギンズ氏の邸宅、ふくろの小路屋敷の玄関ホール」

91　おもて表紙のためのデザイン

装丁のデザイン

アレン＆アンウィン社から出てきた『ホビット』の装丁サンプルは、本の上縁と下縁に本全体をくるむように波模様の線をあしらい、さらに、おもて表紙のタイトルの下に２本、短い波形の線をひくというものだった。トールキンはこれに異をとなえ、「多少のデザインをすれば良くなるでしょう」と述べ、自分が描いてみようと申し出た。病気のため少し遅れはしたが、まもなく全体にかかわる新たな表紙案をアレン＆アンウィン社に送った。型どおりの波の模様を変形させて、「おしゃれなドラゴン・デザイン」によって、「物語にとって意味のあるもの」にすることを狙ったのである。

試し描きをした紙（図版 91）に、さまざまなポーズのドラゴンが５種類描かれている。どれにもくるりと巻いた長いしっぽがある。表紙のタイトルもさまざまのプランで遊んでいる。出版社から提示されたイタリック体ではなく、標準的なローマン体の大文字、中世のアンシャル体の文字などを試している。別のデザイン案（図版 92）では、タイトルはローマン体の大文字にもどっているが、中央に位置させてフォーマルな印象を強くしている。下に描かれたドラゴンは、装丁の最終バージョン（図版 98）のものに似ているが、最終バージョンではもう少し単純化されている。上のドラゴンは、山脈のスケッチの上にかぶさっているが、代替案として描かれたものだろう。アレン＆アンウィン社へのトールキンのコメントには、「どのドラゴンを選ぶかによって、山々の波は上か下かが決まるでしょう」と書かれている。

トールキンには、おしゃれな山々の帯飾りを表紙につけることは、「ドラゴン・デザイン」と同じくらい重要なことに感じられてきた。さまざまに試し描きをしてから（図版 93 ～ 95、106)、月と太陽が含まれ、カバーの絵（図版 100、101）の詳細とも調和するようなくり返し模様を選んだ。デザインを描いた２枚の紙（図版 96、97）で、トールキンは、帯飾りは上縁にもってきて、おもて表紙のドラゴンはうら表紙にも――鏡像のかたちで――描いてほしいと指示した。さらに、ルーン文字の‘D’と‘TH’にもとづいた模様、出版社の名前の下に太陽を描くこと、太陽、月、ルーン文字の‘D’を組み合わせる模様などを考えて楽しんだようだ。ルーン文字の‘D’はおそらく「ドゥーリンの日」（‘Durin’の‘D’)、すなわち「晩秋の最後の月、新月がはじめて空に見える日だ。秋の最後の新月と太陽がともに空に見える」(第３章）日のことである。他でも同じだが、ルーン文字の‘TH’は、「トロール」と「トライン」を意味することはまちがいない。このような経緯から、表紙の最終バージョンの背表紙には、単純化されたルーン文字のデザインがつけられることになった。

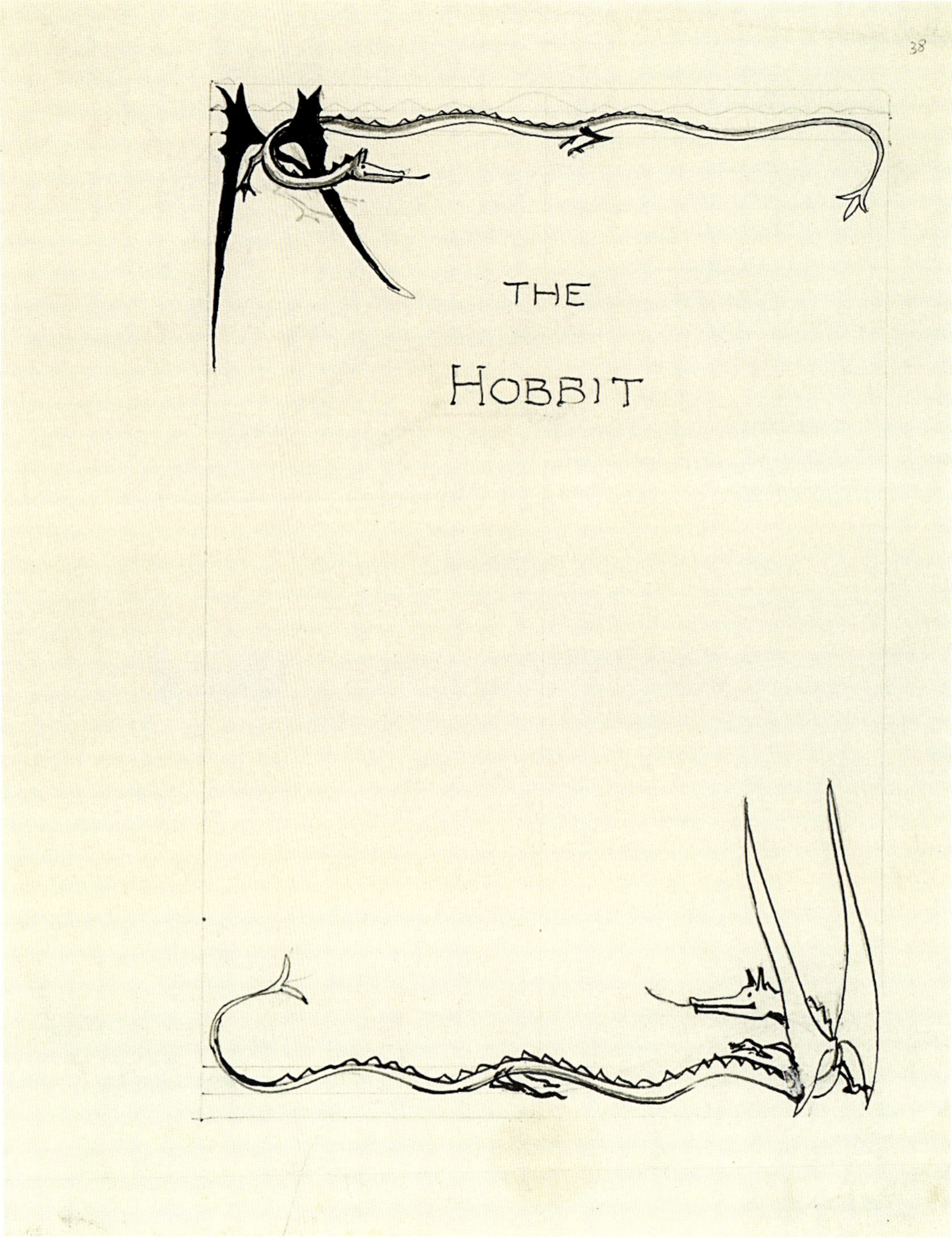

92　おもて表紙のデザイン

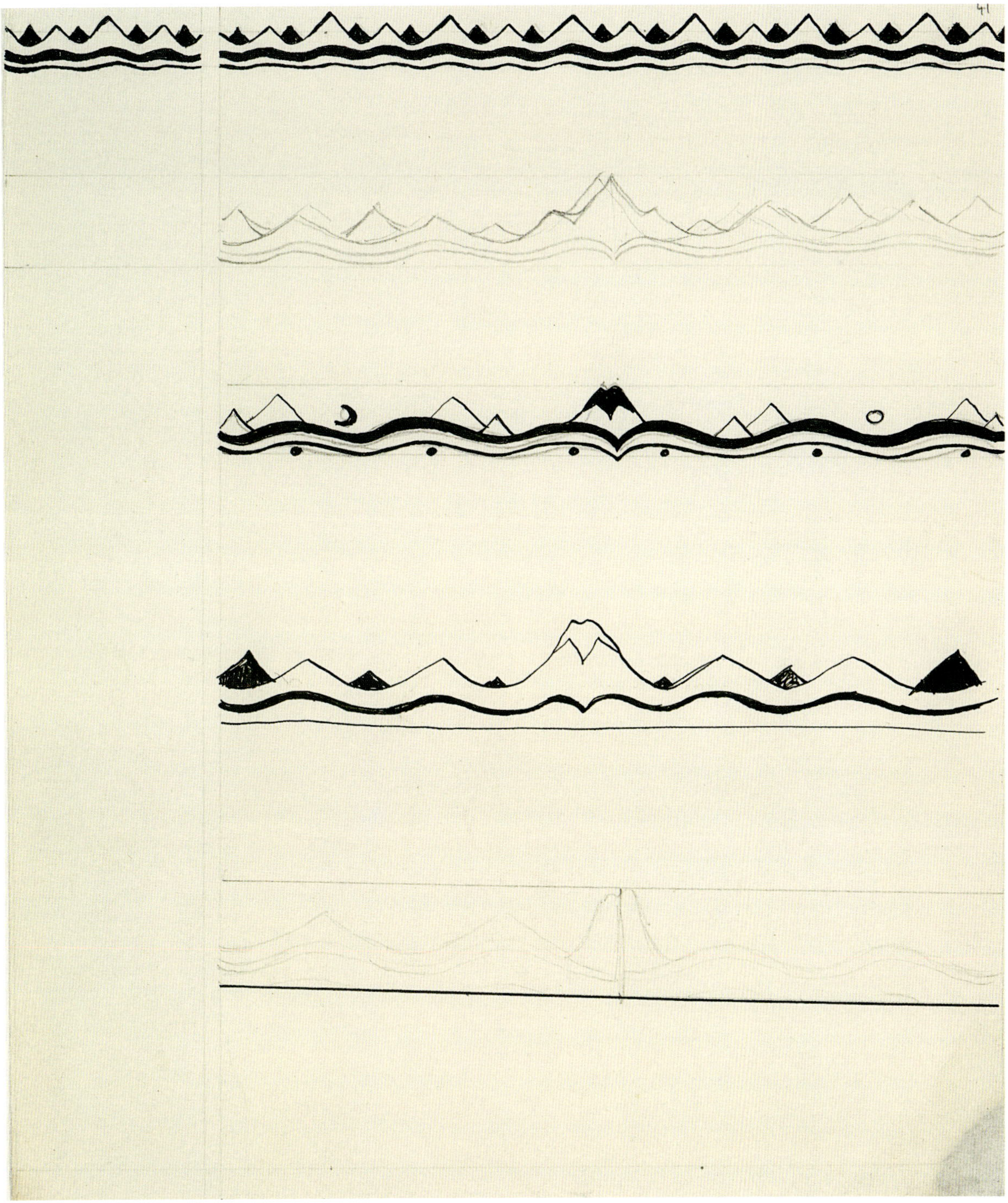

93　表紙の帯飾りの試し描き

94, 95　おもて表紙のデザイン

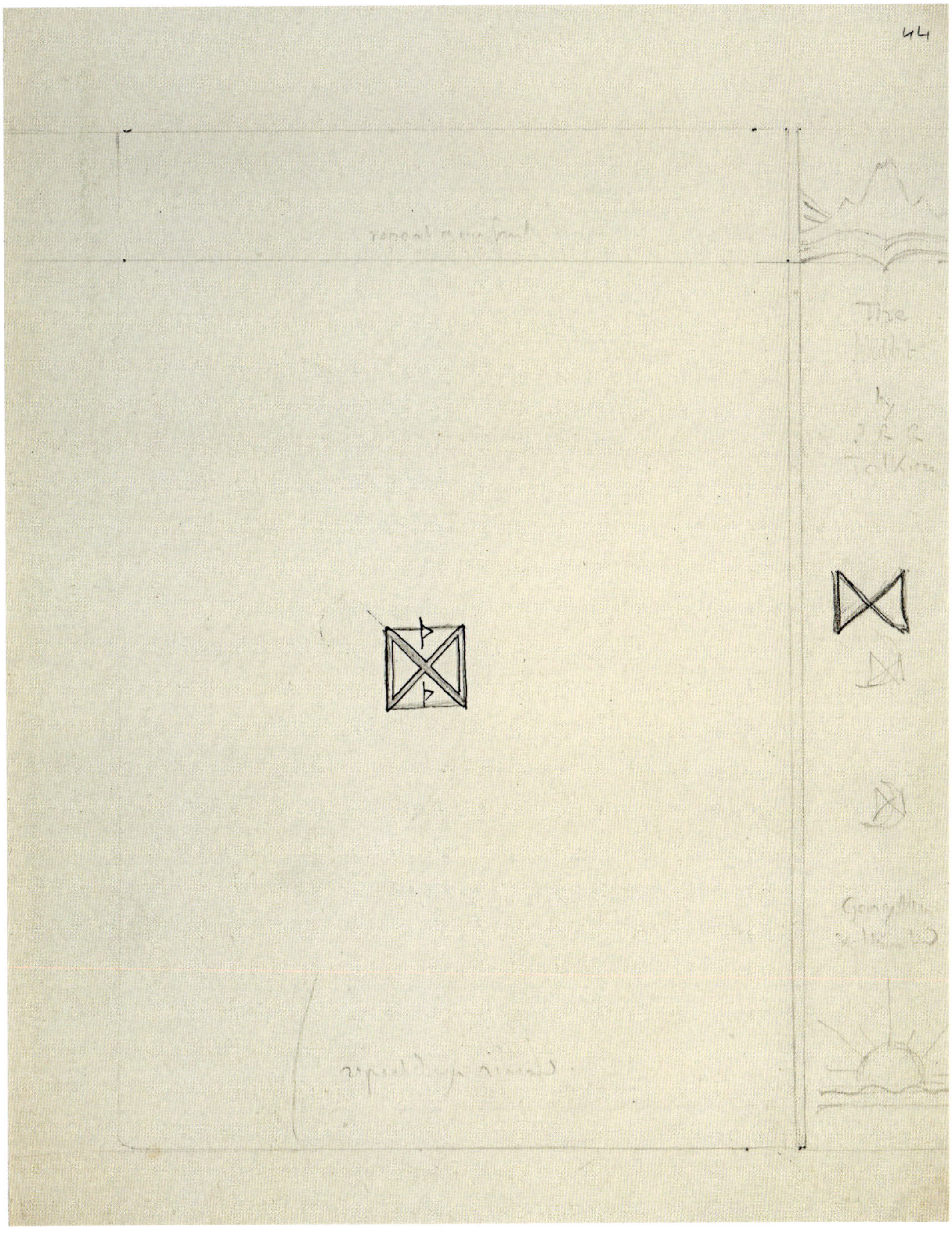

96　うら表紙と背表紙のデザイン

97　うら表紙と背表紙のデザイン

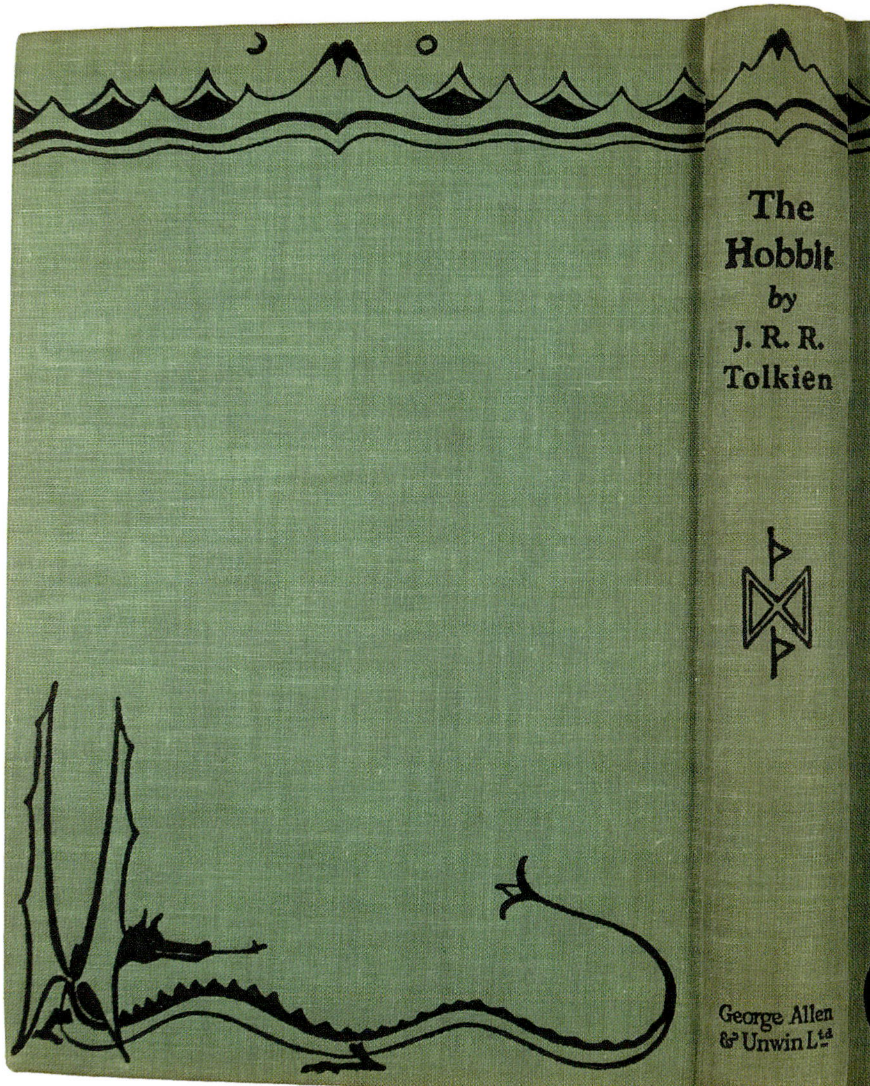

98　表紙の最終バージョン

カバーの絵

『ホビット』のために描かれたカバーの絵の試し描きはほとんど失われてしまった。唯一残っているものは断片にすぎず、和紙に貼って保存されている（図版 **100**）。おそらく、カバーの絵のデザインとしては、もっとも早い時期のものだろう。トールキンからアレン＆アンウィン社に送られたバージョン（それが最終バージョンになった）にはルーン文字の縁飾りがついていたが、これにはそれがあったようには見えないからだ。前景に重なり合った樹々が描かれ、山ないしは丘の上で太陽が輝いているところは、1928 年にトールキンの描いた「世界の果ての森」（図版 **99**）にきわめてよく似ている。厚く重なった木々と中央の山は、〈エルフ王〉の宮殿への入口を描いた最初のイラスト（図版 **49**）をも想起させる。

トールキンはカラーの複製はコストがかかることをよく承知していたので、最初に提出したスケッチでは、ブルーとブラックにくわえて２種類のレッド、２種類のグリーンというふうに、色を使いすぎていると、先手をうって述べている。製作部長だったチャールズ・ファースはいかにもそのとおりだと返事を書いた。とくに気になるのが「中央の山の上の輝いているところで、これがあると、われわれの目には、ほんの少しばかりケーキのようにも見えます」と述べている。

99　「世界の果ての森」

100　カバーの試作品

101　カバーの最終バージョン

そこで、トールキンは使用する色を――紙そのもののホワイトのほかに――グリーン、ブルー、ブラックの３種類に減らすことにした。ではあったが、芸術的印象だけを考慮してよいなら、もっと色をくわえることでさらによくなるという思いは捨てきれず、最後の最後になって出版社が気をかえてくれることを期待して、最終バージョン（図版**101**）の余白にアドバイスを書きつけた。このバージョンではドラゴンと太陽はピンクだった。しかし、「レッドはやめてください。レッドを使用しないならドラゴンはホワイトのままにしてください」、「レッドを使用しないなら太陽は（かかっている雲は別にして）うすい輪郭にしてください」、「道の両側の波形の帯は（とがった木々の最後列のうしろのグリーンの部分も）ダークグリーン？」、「前列の大きな木々はダークグリーン？」、「レッドを使用するなら、著者名を太いレッドの下線の上にのせる？ また、⑴HOBBIT（下線付き）をおもてカバーに、⑵前列の木々のホワイトの幹の下にブルー、⑶ルーン文字のボーダー飾りの外枠をブルーに」。最終バージョンの上と下の縁に黒い帯をつけたのはトールキン自身である。絵を横長に描きすぎたかもしれないと思ったので、たての寸法が足りなくなったときの用心であったが、トールキンの計算に狂いはなく、この帯は使われなかった。

カバーの最終バージョンは、重ね合わせのない３色（グリーン、ブルー、ブラック）で印刷された。しかし、のちのバージョンにはレッドがくわえられた。

アレン＆アンウィン社への手紙で、トールキンは、「太陽と月がともに空にあるのは」、〈トロールの地図〉に隠されたメッセージで触れられている、〈はなれ山〉の「扉にかけられた魔法を意識しています」と説明している。〈はなれ山〉はデザインの中央にあり、長い道が深い森をつらぬき、右側の〈ほそなが湖〉のエスガロスの町をすぎて下りてくる。カバーの最終バージョンの縁に記されたアングロ・サクソン時代風のルーン文字はこう書かれている。――「ホビット、あるいは行きて帰りし物語、ホビット村のビルボ・バギンズの一年の旅の記録、Ｊ・Ｒ・Ｒ・トールキンによってビルボの回想録より編集され、ジョージ・アレン・アンド・アンウィンLTDによって出版された」

レタリングは後日、別の人によって描きなおされ、現在では本の縦横の比もデザインの比率と合致していない――本のサイズが縦長になり、左右の縁飾りの端が折り込まれてしまう――が、いくつかの版では、『ホビット』のためにトールキンが描いたカバーがほぼ1937年の出版当初のままの形で用いられており、イギリスの本のカバー絵として、もっとも成功した魅力的な一例としていまなお健在なのである。

ビルボの肖像

アメリカの出版社に宛てた手紙で、トールキンは、ホビットというのは「姿形は人間に近く…腹が少し出ていて、足がみじかめです。丸く、明るい顔で、耳はほんの少しとんがっていて『エルフ風』、髪はみじかく、(栗色で) カールしています。くるぶしから下の足は、栗色の髪の毛のような毛皮で覆われています。服は緑のビロードの半ズボン、赤もしくは黄色のチョッキ、茶色か緑の上着を着ていて、金 (または真鍮) のボタンがついています。深緑のフードとマント (ドワーフのもの) をかぶっています…。じっさいの大きさは——他のモノが絵の中にある場合にのみ問題になりますが——3フィート6インチ［約90～105センチ］といったところでしょうか」。宣伝のためにホビットを白黒で描いてほしい、1枚はポスターのためにカラーでほしいと、トールキンのもとに依頼がきていた。返事を書く前に、トールキンはごく大雑把なスケッチ (図版102) をさらさらと描いた。この仕事は「だれか絵を描ける人の手にゆだねる」べきだということを証明しようというつもりだったのかもしれない。続けて、トールキンはこう述べている。——「わたし自身の絵は——たとえば、第6章のバギンズ氏の絵［ビルボ、早朝の日ざしがまぶしくて目がさめる］、第12章の絵［スマウグとの会話］ですが——お手本としてあまりあてにはなりません。第19章のとても不出来な絵［ふくろの小路屋敷の玄関ホール］はおおまかな印象としては、前二者よりはましでしょう」。このようにトールキンは自分自身にとても厳しいが、読者の皆さんは、対面ページに集めたビルボの肖像に、もっと暖かい目を注いでくださるのではなかろうか。

102　ホビットのスケッチ

103　自宅の、そして旅のビルボ・バギンズ

おわりに

トールキンは『ホビット』のために多くの絵を描いたが、知られているもののうち３枚だけが、まだ、ここまでのページに出てきていない。主としてスペースの不足が理由であった。完璧を期すために、この本の最後に、その３枚を含めておこう。

１枚（図版 104）は鉛筆のスケッチで、数本の線が描かれているだけだ。「東からみたさけ谷」（図版 20）で描かれている、川が流れてくる岸壁のＶ字形の裂け目の下絵である。完成バージョンと同じ紙の裏側に描かれている。もう１枚（図版 105）は、「ビルボ、筏《いかだ》乗りのエルフの小屋に到着す」（図版 64）を制作するための、中間段階のスケッチである。この絵の場合も、完成バージョンが描かれている紙の裏側になされたスケッチである。きわめてうすく描かれているので、複製で細部がよく見えるようにするために、明度をうんと下げなければならなかった。そして最後に、『ホビット』の表紙に付された山々の帯飾りのための下絵が、もう１枚存在する（144 ページの図版 106）。最終バージョンに近いが、ぴったりそのものではない（最終バージョンは、図版 98 の表紙の写真そのものに見える）。

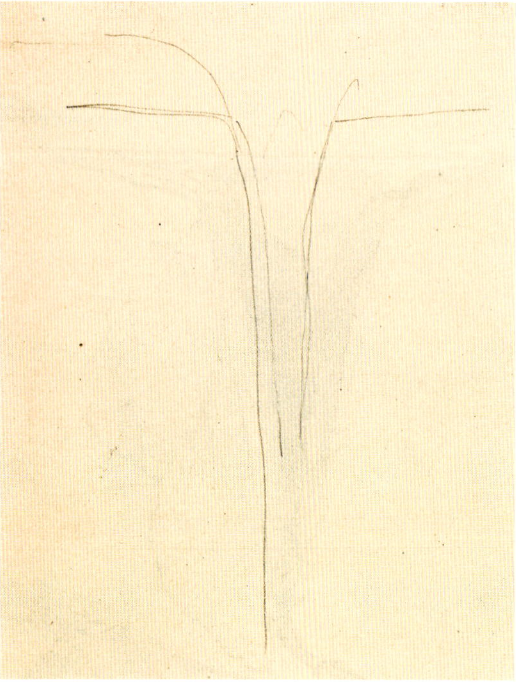

104

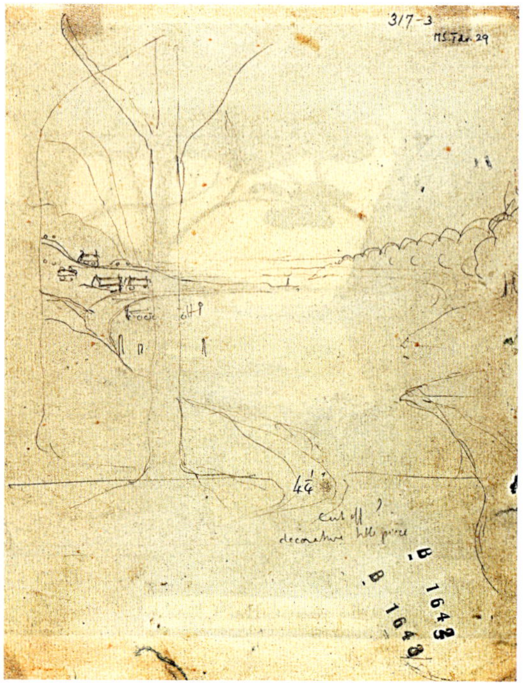

105

「ビルボ、筏《いかだ》乗りのエルフの小屋に到着す」のためのスケッチには、(手書きとスタンプで捺されたレファレンス番号のほかに)「4¼″」と「切り取る？　飾りタイトル」という手書きのメモが見える。最初のものは、イギリス版『ホビット』の２刷で挿入されたイラストの幅についてのメモである。もう１つは、水彩画の下の部分に描かれた装飾的なタイトルを、切り取るかどうかたずねているものだ。イギリスでもアメリカでも、トールキンが『ホビット』のために制作した５枚のカラーイラストのうち４枚に描き込まれている装飾タイトルを取り除いて、活字のキャプションを付けるべきかどうか、製作スタッフのあいだで問題になっていたようだ(「ビルボ、目がさめる」のイラストのみ飾りタイトルがないが、左下の隅にトールキンによってかすかな文字で書かれている。ただしほとんど絵の具で隠されている)。

トールキンはカラーのイラストに別の紙をそえて、それぞれの絵を『ホビット』のどこに挿入すべきかを指示していた。「丘――川むこうのホビット村」の場合は、「〝ホビット〟の口絵(そのほうがよければ、白黒の類似の絵とさしかえること)」である。そして、その他の絵のそれぞれのために、ページ番号を記し、絵を結びつけるべき本文からの数語を引用した。このメモを正式なキャプションにするつもりだったとは思われないが、カラーのイラストをはじめて入れたアレン＆アンウィン社の２刷でも、ホートン・ミフリン社の１刷でもそうなってしまい、イラストのリストにも、印刷された絵の下にも出てしまった。アレン＆アンウィン社では、「丘」のカラー版を、飾りタイトルとトールキンのモノグラムがついた描かれたままの形で新しい口絵として入れ、キャプションはつけなかった。ホートン・ミフリン社では、飾りタイトルを切り落とし、「丘――川むこうのホビット村」と活字でキャプションを入れた。どちらの版でも、「さけ谷」には「さけ谷の美しい渓谷」というキャプションがついているが、アレン＆アンウィン社は飾りタイトルを残しているのに対して、ホートン・ミフリン社は切り取った。「ビルボ、早朝の日ざしがまぶしくて目がさめる」はアメリカ版にのみつけられ、このとおりの活字のキャプションが印刷されている。「ビルボ、筏乗りのエルフの小屋に到着す」はイギリス版にのみあり、飾りタイトルが残され、さらに「黒い川がぐんと横に大きくひろがりました」というキャプションが付されている。最後に、「スマウグとの会話」には活字のキャプション「おおスマウグよ、禍《わざわ》いの代名詞、禍《わざわ》いの大王よ［O Smaug the Chiefest and Greatest of (all) Calamities!］」がついている――イギリス版には余計な‘all’がついている――が、アレン＆アンウィン社は飾りタイトルを残したのに対して、ホートン・ミフリン社は切り落としている。

The following images have been reproduced with the kind permission of the Bodleian Libraries, University of Oxford, from their holdings labelled *MS Tolkien Drawings*. In this list, Bodleian reference numbers are given in brackets, and indicate rectos unless specified as versos (= v): fig. 1 (1); fig. 2 (3); fig. 3 (2); fig. 4 (5); fig. 5 (4v); fig. 6 (4); fig. 7 (6v); fig. 8 (6); fig. 9 (89, fol. 12v); fig. 10 (7); fig. 11 (26); fig. 13 (8); fig. 14 (89, fol. 20); fig. 15 (89, fol. 21); fig. 16 (9); fig. 17 (89, fol. 17); fig. 18 (89, fol. 17v); fig. 19 (11v); fig. 20 (10); fig. 21 (12); fig. 22 (11); fig. 23 (27); fig. 25 (33); fig. 26 (22v); fig. 27 (87, fol. 39); fig. 28 (34); fig. 30 (33v); fig. 31 (89, fol. 37); fig. 32 (87, fol. 35); fig. 33 (34v); fig. 34 (13); fig. 35 (84, fol. 37); fig. 36 (88, fol. 21); fig. 37 (89, fol. 30); fig. 38 (14); fig. 39 (28); fig. 40 (2v); fig. 41 (15); fig. 42 (16v); fig. 43 (16); fig. 44 (17); fig. 46 (89, fol. 50); fig. 48 (89, fol. 14); fig. 49 (89, fol. 35): fig. 50 (89, fol. 36); fig. 51 (89, fol. 32); fig. 52 (89, fol. 31); fig. 53 (89, fol. 33); fig. 54 (87, fol. 46); fig. 55 (89, fol. 34); fig. 56 (18v); fig. 57 (18); fig. 58 (19); fig. 60 (89, fol. 47v); fig. 61 (21); fig. 62 (89, fol. 47); fig. 63 (20); fig. 64 (29); fig. 65 (22); fig. 66 (23); fig. 67 (88, fol. 20); fig. 68 (24); fig. 69 (89, fol. 48); fig. 70 (89, fol. 48v); fig. 71 (30); fig. 72 (89, fol. 3); fig. 73 (89, fol. 19); fig. 74 (89, fol. 22); fig. 75 (89, fol. 24); fig. 76 (89, fol. 23); fig. 77 (102); fig. 78 (31); fig. 79 (31v); fig. 80 (89, fol. 45); fig. 82 (89, fol. 50v); fig. 83 (89, fol. 51); fig. 84 (89, fol. 25); fig. 85 (89, fol. 46); fig. 86 (89, fol. 25v); fig. 87 (89, fol. 26); fig. 88 (89, fol. 49); fig. 89 (35); fig. 90 (25); fig. 91 (89, fol. 38v); fig. 92 (89, fol. 38); fig. 93 (89, fol. 41); fig. 94 (89, fol. 39); fig. 95 (89, fol. 40); fig. 96 (89, fol. 44); fig. 97 (89, fol. 43); fig. 99 (88, fol. 22); fig. 101 (32); fig. 104 (10v); fig. 105 (29v); fig. 106 (89, fol. 42).

The following images have been reproduced courtesy of the Department of Special Collections and University Archives, Raynor Memorial Libraries, Marquette University: fig. 24 (Additional Manuscripts 1, box 1, folder 1, fol. 1); fig. 29 (MS Tolkien series 1, box 2, folder 5, fol. 1); fig. 45 (MS Tolkien series 1, box 1, folder 7, fol. 10); fig. 81 (MS Tolkien series 1, box 1, folder 10, fol. 4v); fig. 100 (MS Tolkien series 1, box 2, folder 4).

Figs. 12 and 102 were supplied from HarperCollins files. Figs. 47 and 98, and the title spread on p. 6, were photographed from the authors' collection. The detail on the title-page is from fig. 34. The detail on the contents page is from fig. 101. Fig. 59 includes details from figs. 49, 50, 51, 52, 53, and 58. Fig. 103 includes details from figs. 1, 15, 39, 61, 64, 71, and 90.

For supplying images for use in this book, we are grateful to Catherine Parker of the Bodleian Libraries, University of Oxford; Matt Blessing of the Department of Special Collections and University Archives of the Raynor Memorial Libraries, Marquette University; and Terence Caven of HarperCollins, London. Our thanks go also to David Brawn, publishing director for Tolkien projects at HarperCollins, for asking us to prepare this book, and to his associates Chris Smith and Natasha Hughes; to Cathleen Blackburn of Manches LLP, representing the Tolkien Estate; to Christopher Tolkien for assistance and permissions; and to Arden R. Smith for expert advice on languages and scripts.

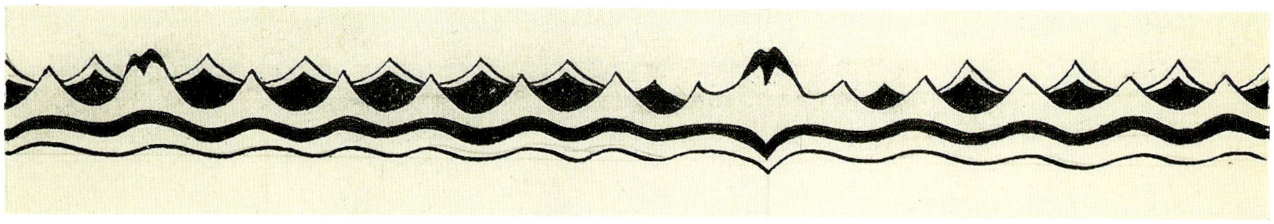

106 表紙の飾り罫のデザイン

訳者あとがき

『ホビット』の冒頭で、主人公ビルボの家の玄関ホールが紹介されます。

> 緑のペンキをぬった玄関の扉は船の窓のようにまん丸。そしてそのまんまん中に、キラキラと金色に光る真鍮《しんちゅう》の取っ手がついています。扉をあけると、そこは丸い土管のような玄関ホール。ちょうど汽車のトンネルのような形です。でも、このトンネルは煙モクモクじゃないので、しごく快適。壁には木のパネル、タイルの床にはカーペット、その上にはピッカピカに磨いた椅子がいくつも。そうして帽子やコートをかけるためのフックときたら、これはもういっぱい！　そう、ホビットはお客を迎えるのが大好きなのです…。

ビルボの「ホビット穴」の、いかにも居心地のよさそうなさまが、そのまま目に浮かんでくるようです。しかも、外からこの家にやってくる人の視線がたどる順序にそって、きわめて自然な流れで対象が描かれていることが分かります。

この描写からもうかがえるように、トールキンは視覚的想像力と表現力にきわめてすぐれた才能を発揮した作家でした。そのことは、有名な『指輪物語』を読んだ人なら誰もが感じることですが、トールキンの物語が、これまでアラン・リーをはじめさまざまなすぐれた画家の想像力を刺激して、すばらしい絵画を生み出してきたことからも明らかです。

トールキンは幼い頃から絵画に親しみ、生涯にわたって絵を描きつづけ、多数のスケッチや水彩画を残しています。すなわち、独自の神話世界や、その世界で用いられている言語を創造し、文章として書きしるしたばかりでなく、すぐれた美術作品という形でも結実させているのです。そのことについては、わざわざ言葉をつらねるまでもなく、『トールキンによる「指輪物語」の図像《イメージ》世界』（原書房）を開いてみれば一目瞭然です。

しかし、このようなトールキンの才能が、いかんなく発揮されている一冊をあげるとすれば、『ホビット』をおいてほかにはありません。美しいカラーの挿絵５点をはじめ、見返しに印刷されている２点の絵地図、多数の白黒のペン画の挿絵、さらには本のカバーにいたるまで、すべてトールキン自身によって描かれています。『ホビット』の物語がすばらしいのはいうまでもありませんが、このようなトールキン自身の描いたイラストを見ることで、読者の頭の中の想像世界が２倍、３倍にふくらんでいきます。『ホビット』は物語と挿絵が渾然として一体をなしている、総合芸術的な作品とすらいうことができるでしょう。

本書『トールキン「ホビット」イメージ図鑑』は、じっさいに公刊された『ホビット』に付されたイラストばかりでなく、そうした完成バージョンにいたるトールキンのスケッチや試し描きなど、『ホビット』に関連する視覚資料をすべて網羅した本です。『ホビット』やトールキンについて研究しようとする方々はもちろんですが、『ホビット』を読んでほれこんだ読者の方々も、絵を眺め、それにつけられた解説を読むことによって、物語をふたたび思い出して楽しむことができるばかりか、きっと何か今まで気づかなかった物語の意味を教わることができることでしょう。

『ホビット』を愛するすべての読者の方々に、楽しんでいただける一冊であることを信じて疑いません。

本書に引用されている *The Hobbit* の本文は、『ホビット』(原書房) の改訳版を用いています。また、『指輪物語』で言及される地名については瀬田貞二訳の『指輪物語』を用いさせていただきました。厚くお礼を申し上げます。なお、原作の *The Lord of the Rings* では、111歳が、ユーモラスに *eleventy-one* というトールキンの造語で表現されています。これを訳すのに、本来「徳の高い人の長寿」という意味の「仁寿」という語をあてました。そのこころは、「仁」の字が「ヒト (人)、ヒト (一)、ヒト (一)」に分解できるからです。最後になりましたが、本書の翻訳にあたっては原書房の寿田英洋編集長にたいへんお世話になりました。この場を借りて感謝させていただきます。

2012年4月
山本史郎